COLLECTION FOLIO

Jane Austen

Amour et amitié

Traduit de l'anglais,
présenté et annoté par Pierre Goubert

Gallimard

Cette édition est dérivée du premier volume des *Œuvres romanesques complètes* de Jane Austen (Bibliothèque de la Pléiade, Éditions Gallimard). Elle a précédemment paru dans le coffret *Orgueil et préjugés* (Folio classique).

Septième enfant du pasteur de la petite paroisse de Steventon au sud-ouest de Londres, Jane Austen naît le 16 décembre 1775. Le presbytère étant trop petit pour accueillir toute la famille, qui reçoit aussi des pensionnaires, Jane et sa sœur Cassandra sont envoyées à la pension de Mme Cawley puis fréquentent la célèbre école de l'abbaye de Reading. Elles n'y apprennent pas grand-chose mais Jane lit énormément. À partir de 1787, elle commence à écrire. En 1795, elle fait la connaissance d'un jeune homme, Tom Lefroy, mais la tante de celui-ci le renvoie aussitôt à Dublin pour éviter qu'il ne s'attache à une jeune fille d'un milieu modeste... Jane entreprend les premières versions de ses grands romans, *Le Cœur et la Raison, Orgueil et préjugés,* ainsi que *Lady Susan.* Son père prend sa retraite à Bath où Cassandra et Jane l'accompagnent. On présente de nombreux jeunes gens aux deux sœurs, mais la mort de leur père, qui les laisse dans le dénuement, les oblige à nouveau à déménager. Avec leur mère, elles s'installent à Southampton chez leur frère et sa femme et mènent une vie sociale restreinte. Elles vivent ensuite dans le Hampshire chez un autre de leurs frères où Jane s'occupe de ses nombreux neveux et nièces. Elle continue à écrire malgré le manque de calme et la promiscuité, et fait paraître en 1811 *Le Cœur et la Raison.* Deux ans plus tard sort *Orgueil et préjugés.* La critique et le public font bon accueil au roman.

Elle meurt à l'âge de quarante-deux ans, à Winchester, emportée par la tuberculose.

Élevée dans la petite bourgeoisie, Jane Austen n'est guère sortie de sa famille et, hormis sa brève passion pour Tom Lefroy, on sait peu de chose de sa vie personnelle. Elle a pourtant su peindre avec justesse, sensibilité et esprit les mouvements du cœur. Avec pour seuls sujets l'éveil à l'amour et la jeune fille à marier, elle a écrit quelques-uns des romans les plus importants de la littérature anglaise. Ses romans sont régulièrement adaptés au cinéma.

Lisez ou relisez les livres de Jane Austen en Folio :

LADY SUSAN (Folio 2 € n° 4396 et Folio Bilingue n° 176)

ORGUEIL ET PRÉJUGÉS (Folio classique n° 4573)

LE CŒUR ET LA RAISON (Folio classique n° 4910)

PERSUASION (Folio classique n° 5214)

MANSFIELD PARK (Folio classique n° 5779)

EMMA (Folio classique n° 6040)

AVANT-PROPOS

Amour et amitié

Amour et amitié *porte une date, celle du 13 juin 1790, ce qui signifie que sa composition et sa transcription furent terminées avant que Jane Austen eût atteint ses quinze ans. Ce court roman épistolaire fait partie des* Juvenilia *ou* Œuvres de jeunesse, *de Jane Austen.*

L'histoire est abracadabrante. Isabel presse son amie Laura de raconter à sa fille, Marianne, les aventures et malheurs de sa vie. Comme cette amie est maintenant âgée de cinquante-cinq ans, Isabel pense qu'elle est parvenue au terme de ses épreuves. Laura n'est pas du même avis mais consent à tout dire dans une série de lettres qui constituent autant de petits chapitres. Le caractère factice de l'ensemble apparaît déjà à travers cette exposition.

L'héroïne est la fille d'un Irlandais et d'une danseuse d'opéra italienne. Elle habite le pays de Galles. Un soir, on frappe à la porte de sa chaumière : c'est un beau jeune homme, Edward, le fils d'un riche baronnet, qui s'est égaré. Coup de foudre : il épouse Laura. Ils vivent quelque temps chez des amis, Augustus et Sophia, aussi écervelés qu'eux-mêmes et comme eux adeptes convaincus du culte de la sensibilité. L'emprisonnement pour dettes d'Augustus met fin à cet épisode. Les deux jeunes femmes (Edward, parti voir Augustus, ne revient pas) se rendent en Écosse chez un parent. Elles le volent et provoquent la fuite de sa fille en compagnie d'un coureur de dot. Chassées de la maison, elles assistent à l'accident d'une voiture légère. À bord se trouvent justement leurs deux époux, mortellement blessés. Sophia, qui s'évanouit à de nombreuses reprises, prend froid durant ces évanouissements et meurt elle aussi. Laura prend alors place, dans la nuit, à bord d'une diligence, où elle découvre avec surprise la présence des principaux personnages du roman. Elle leur raconte ses mésaventures et se voit offrir par son beau-père, le baronnet, en tant que veuve d'Edward, une bonne petite rente qui lui permettra de fixer sa résidence dans un village plein de charme des Highlands.

On le voit, ce n'est pas l'histoire elle-même qui peut retenir l'attention du public. Il faut, pour prendre plaisir à Amour et amitié, *imaginer la toute jeune fille racontant à sa famille cette histoire sans queue ni tête, riche en clins d'œil. Les critiques émettent souvent l'idée que le jeune auteur fait dans ce conte épistolaire le procès du roman sentimental dans son ensemble, sans songer à des ouvrages particuliers. Il faut y insister, il n'est pas nécessaire pour écouter ou lire ces lettres avec plaisir de pouvoir mettre des titres d'ouvrages sur chacun des travers dénoncés. L'amusement des Austen devait cependant s'accroître du fait qu'ils se rappelaient au passage quelque livre médiocre emprunté qui avait suscité une ironie commune. Marvin Mudrick, dont l'étude des* Juvenilia *est des plus fécondes*[1], *a découvert l'un de ces ouvrages, un roman en trois volumes,* Laura and Augustus[2], *dont les excès durent stimuler la verve de Jane et dont le souvenir alimenta probablement l'hilarité de son assistance. Ce n'est cependant qu'une cible parmi d'autres. Comme les grands parodistes du* XVIIIe *siècle anglais, la jeune Jane Austen diversifie les allusions.*

En présence de ce petit chef-d'œuvre de raillerie, il importe de se garder de deux excès contraires : n'y voir qu'un simple opuscule de circonstance suscité par quelques lectures amusées ou, à l'inverse, en faire l'illustration d'une esthétique ou d'une philosophie élaborées. Certes, probablement guidée par la conversation de son père et de ses frères aînés, la jeune romancière est parfaitement consciente non seulement de l'existence mais aussi de la nature des faiblesses qu'elle dénonce. Elle sait l'importance qu'en art a la vérité. De même, elle saisit toute l'hypocrisie que comporte le recours aux beaux sentiments lorsqu'ils servent de masque à

1. Marvin Mudrick, *Jane Austen, Irony as Defense and Discovery*, Londres, Oxford University Press, 1952, p. 1-36.

2. *Laura and Augustus, an Authentic Story, in a Series of Letters. By a Young Lady*, Londres, 1784.

de viles intentions. Les belles âmes dans Amour et amitié *se font voleurs et voleuses, les grandes amoureuses succombent aux petits calculs égoïstes. Pour autant, la jeune Jane Austen ne se donne jamais des airs de moraliste, moins encore de critique littéraire. Elle ne fait que se conformer à des idées simples et saines qu'elle sait partager avec son auditoire, d'autant plus sûrement que cet auditoire les lui a dans une large mesure inculquées. L'idéologie de ce bref récit épistolaire est donc moins l'expression d'une réflexion personnelle sur la littérature ou la société que celle d'une complicité entre conteur et public, permettant un plaisir partagé.*

Les *Œuvres de jeunesse*

Les Œuvres de jeunesse *de Jane Austen ont été longtemps négligées par la critique et même par la famille de la romancière, qui n'a accepté leur publication qu'après de nombreuses réticences, y voyant des essais plus ou moins heureux qu'il valait mieux laisser dans l'obscurité. Un neveu de Jane, James Edward Austen-Leigh, en donna quelques extraits néanmoins dans la deuxième édition de son* Memoir of Jane Austen *en 1871 ; le reste fut livré graduellement au public entre 1922 et 1951.*

Ce qui a été conservé figure dans trois carnets baptisés Volume the First, Volume the Second,

Volume the Third[1], *où les textes ont été portés par l'auteur lui-même. Au total, on compte ainsi vingt-neuf petits ouvrages différents. Ce sont de brefs récits, des lettres, des embryons de romans épistolaires, des fragments de pièces de théâtre, une histoire d'Angleterre très libre et très courte. Rien n'atteint aux dimensions d'une œuvre autonome qu'*Amour et amitié, *dont la longueur est celle d'une nouvelle.*

Les critiques se hasardent souvent à affirmer que nous possédons la totalité de ces Œuvres de jeunesse. *Or rien ne nous autorise à être aussi catégoriques. James Edward Austen-Leigh évoque un nombre considérable d'opuscules écrits par Jane Austen avant l'âge de seize ans*[2]. *Si sa mémoire (ou son information) est bonne, les carnets sont sans rapport avec l'abondance de la production réelle. Çà et là, une dédicace laisse d'ailleurs deviner l'existence d'ouvrages disparus.*

Les « volumes » qui nous sont parvenus constituent donc, apparemment, davantage une anthologie qu'une somme. Il semble que le jeune auteur ait voulu y mettre au propre de petites choses qu'il jugeait dignes d'être soumises à l'attention des personnes de son entourage qui s'intéressaient à ce qu'il écrivait. Cela expliquerait que les pages de ces pseudo-volumes soient numérotées, que l'on ait prévu dans chacun d'eux une table des

1. *Premier volume,* Londres / Oxford, Clarendon Press, 1933. *Deuxième volume,* Londres, Chatto and Windus, 1922. *Troisième volume,* Oxford, Clarendon Press, 1951.

2. James Edward Austen-Leigh, *A Memoir of Jane Austen by her Nephew J. E. Austen-Leigh,* 2e édition, Londres, 1871 ; réimpr. Oxford, 1926, p. 44.

matières, et que chaque opuscule ou presque soit dédicacé en simulant le sérieux d'une édition véritable. L'impression est celle d'un divertissement entre amis, impression confirmée par le fait qu'Anna Austen, une nièce de Jane, après son mariage en 1814, ajouta trois pages à l'une des historiettes. Les carnets n'étaient donc en aucune façon un trésor caché, gardé jalousement par une apprentie soucieuse de ne pas s'exposer aux moqueries, mais une modeste production littéraire, destinée à amuser ses proches.

Il est en conséquence très difficile de dater ces Œuvres de jeunesse. *Certes, quatre pièces comportent une date. Mais ces dates sont-elles celles de l'achèvement de la composition ou de la fin de la transcription, transcription qui s'est étalée sur une longue période ? La précision qui nous est apportée nous permet seulement d'affirmer que l'œuvre en question n'est pas plus tardive que le jour indiqué. Par des conseils adressés à sa nièce Caroline*[1]*, nous savons que Jane écrivait déjà en 1787, soit à l'âge de onze ans. Les dernières indications chronologiques étant de 1793, on peut sans risque d'erreur situer la rédaction de l'ensemble de ces œuvres de jeunesse entre 1787 et 1793, soit entre l'âge de onze ans et celui de dix-sept ans.*

Le lecteur contemporain doit bien se pénétrer des conditions dans lesquelles ces opuscules ont été composés s'il veut en apprécier le sel et ne pas les condamner inconsidérément. Il est plus que probable qu'au moins

1. Dans *A Memoir of Jane Austen, op. cit.*, p. 47.

pour les premiers d'entre eux ils correspondent à une réaction critique devant des lectures, réaction suivie par les proches de Jane avec attention et sympathie, et peut-être même voulue et encouragée. Leur contenu atteste que l'auteur des Juvenilia *lisait beaucoup, en particulier les romans sentimentaux sans valeur que dispensaient les bibliothèques de prêt. Ce genre de roman connut son heure de gloire entre 1780 et 1790, ce qui n'est pas éloigné dans le temps de la période d'écriture des œuvres de jeunesse. L'adolescente se moque, en les reproduisant dans ses propres créations, des faiblesses de style et de conception qu'elle a notées dans ses lectures : abus du personnage de la confidente, récits d'une vie entière, accumulations de catastrophes, invraisemblances, incohérences, digressions, égoïsme patent de l'héroïne, clichés, enflure, effets de scène hors de propos, chutes du sublime au ridicule… Le lecteur d'aujourd'hui ne doit naturellement pas lire tout cela au premier degré. C'est au contraire de l'incohérence et de l'exagération qu'il doit se réjouir.*

Il est vrai que la plupart des romans, médiocres, parcourus par la jeune Jane Austen ont sombré dans un oubli définitif. Pourtant, malgré l'ombre qui a recouvert nombre des ouvrages qui ont inspiré Amour et amitié, *cette petite parodie n'a rien perdu de sa saveur et de sa lisibilité. Car les errements de ces romans sentimentaux n'ont pas disparu avec eux. Ils témoignent suffisamment de certaines faiblesses universelles de la création littéraire pour amuser encore et toujours. Il peut être utile et fructueux de deviner les sources de la verve de Jane Austen, de les situer, et d'en prendre connaissance.*

Les *Œuvres de jeunesse* et les romans à venir

Amour et amitié *fait partie de ce qu'on appelle la période intermédiaire de l'écriture des* Juvenilia, *une seconde phase où s'épanouit la verve comique de l'adolescente après s'être fait jour dans la première. Le désir de faire œuvre personnelle y est moins grand que celui de s'insurger contre l'œuvre d'autrui. Suivra une troisième période où l'on assistera aux tentatives initiales de la romancière, à travers des histoires seulement ébauchées où seront traitées des questions de conduite et de jugement. La lecture en est assez décevante si l'on y veut trouver autre chose que les indices d'une réussite à venir.*

*Ce n'est pas qu'*Amour et amitié *n'annonce en aucune façon le caractère des romans futurs. Jane Austen gardera toujours à l'esprit, dans son travail d'écriture, les erreurs de style et de construction précédemment rencontrées, ce qui lui permettra d'en éviter les pièges. Cela apparaît clairement dans* L'Abbaye de Northanger, *mais se reconnaît également dans* Le Cœur et la Raison, *deux livres où une certaine littérature est dénoncée un peu à la manière des* Œuvres de jeunesse, *c'est-à-dire à travers l'effet* *d'égarement produit sur des lecteurs. Dans* Amour et amitié, *Jane Austen, comme elle le fera plus tard, se pose en s'opposant. En pareille occasion, sa clarté d'esprit fait merveille et s'allie efficacement à son ironie et à ses talents comiques. Le lecteur qui apprécie ces vertus chez la romancière accomplie aura plaisir à en saisir la manifestation dans ses premiers ouvrages.*

La traduction

Il ne nous reste rien des manuscrits originaux des Œuvres de jeunesse *de Jane Austen. Ce qui demeure est un ensemble de trois recueils baptisés* Volume the First, Volume the Second, Volume the Third, *où l'auteur recopia et mit au point des opuscules, parfois des années après le début de leur composition. La rédaction de ces* Juvenilia *peut cependant être située entre 1787 et 1793.*

Amour et amitié *appartient au deuxième de ces « volumes », publié pour la première fois à Londres en 1922 chez Chatto and Windus, sous le titre* Love and Friendship (Amour et amitié*), du nom de l'histoire la plus importante. La nouvelle traduction que nous donnons ici a été effectuée à partir de cette édition.*

Pierre GOUBERT

À Madame la comtesse de Feuillide[1]
ce roman est dédié en reconnaissance
par son humble servante, l'auteur.

AMOUR ET AMITIÉ

ROMAN ÉCRIT SOUS LA FORME D'UNE SUITE DE LETTRES

Trompé en amitié et trahi en amour[2].

LETTRE I. ISABEL À LAURA

Que de fois, en réponse à mes demandes répétées de bien vouloir donner à ma fille le récit complet des malheurs et des aventures qui ont marqué votre existence, ne m'avez-vous pas dit : « Non, mon amie, jamais je ne satisferai à votre requête avant d'être certaine de ne plus connaître quelque chose d'aussi effroyable. » Assurément, le moment en sera bientôt venu. Vous avez aujourd'hui cinquante-cinq ans. Si l'on peut dire d'une femme qu'elle n'a plus rien à redouter de la persévérance opiniâtre de soupirants fâcheux et des cruelles persécutions de pères obstinés, ce doit être lorsqu'on atteint un âge comme le vôtre.

ISABEL

LETTRE II. LAURA À ISABEL

Bien que je ne puisse être de votre avis lorsque vous supposez que je n'ai plus à craindre de malheurs aussi immérités que ceux dont j'ai déjà souffert, cependant, pour éviter d'être accusée d'obstination ou de mauvaise volonté, je céderai à la curiosité de votre fille. Puisse la force d'âme qui m'a permis de supporter les nombreuses afflictions de ma vie passée s'avérer utile pour lui apprendre à tolérer celles qui risquent de la frapper au cours de sa propre existence !

LAURA

LETTRE III. LAURA À MARIANNE

En tant que fille de mon amie la plus intime, je vous crois autorisée à prendre connaissance de ma malheureuse histoire dont votre mère m'a si souvent pressée de vous narrer les événements.

Mon père était natif d'Irlande s'il habitait le pays de Galles, tandis que ma mère était la fille naturelle d'un grand seigneur écossais et d'une danseuse d'opéra italienne. Je naquis en Espagne et reçus mon éducation dans un couvent français.

Lorsque je fus parvenue à ma dix-huitième

année, mes parents me firent regagner le toit paternel au pays de Galles. Notre demeure se situait dans l'un des endroits les plus romantiques de la vallée de l'Usk[3]. Quoique mes charmes aient à présent perdu beaucoup de leur pouvoir et souffert quelque peu du dommage qui leur a été infligé par mes épreuves, j'ai été belle. Cependant, les grâces de la personne, quelle que fût ma beauté, comptaient parmi les moindres de mes perfections. De tous les talents ordinairement en possession de mon sexe j'étais la maîtresse. Au couvent, mes progrès avaient toujours été plus grands que ne le permettait l'instruction reçue, les connaissances dont je disposais étonnaient chez quelqu'un de mon âge, et je surpassai bientôt mes maîtres[4].

Toutes les vertus susceptibles d'orner un esprit se retrouvaient dans le mien. Il était le lieu de rencontre de toutes les qualités et de tous les sentiments élevés.

Mon seul défaut, s'il mérite ce nom, était de posséder une sensibilité trop vive, prompte à s'émouvoir de toutes les afflictions de mes amis, des personnes de ma connaissance, et plus encore des miennes. Hélas ! quel changement ! mes malheurs certes ne font pas sur moi une impression moindre que naguère, mais à présent je ne me trouble plus de ceux des autres. Mes talents aussi commencent à faiblir. Je ne chante plus aussi bien qu'autrefois, ne danse plus avec autant de grâce, et j'ai complètement oublié le *Menuet de la cour*[5].

Adieu,

LAURA

LETTRE IV. LAURA À MARIANNE

Notre voisinage était peu de chose, puisqu'il se résumait à votre mère. Elle vous aura sans doute déjà raconté que, laissée par ses parents seule et dans l'indigence, elle avait pour des raisons d'économie choisi de se retirer dans le pays de Galles. Ce fut là que commença notre amitié. Isabel avait alors vingt et un ans. Bien qu'elle eût des manières et une personne engageantes, soit dit entre nous, elle ne put jamais prétendre au centième de la beauté et des talents que je possédais. Elle avait vu le monde, ayant passé deux ans dans l'un des meilleurs pensionnats de la capitale, une quinzaine de jours à Bath, et ayant soupé[6] un soir à Southampton.

« Prenez garde, ma chère Laura, me disait-elle souvent, prenez garde aux futilités insipides et à la vaine dissipation de la métropole de l'Angleterre. Prenez garde au luxe superflu de Bath et au poisson malodorant de Southampton[7].

— Hélas ! m'écriais-je, comment ferai-je pour

éviter des maux auxquels je ne serai jamais exposée ? Quelles chances y a-t-il pour que je connaisse un jour la dissipation de Londres, le luxe de Bath, ou le poisson nauséabond de Southampton, moi qui suis condamnée à gâcher ma jeunesse et ma beauté dans une obscure chaumière de la vallée de l'Usk[8] ? »

Ah ! je ne songeais guère alors à la destinée qui devait si tôt me faire quitter cet humble séjour pour le monde et ses plaisirs mensongers.

Adieu,

LAURA

LETTRE V. LAURA À MARIANNE

Un soir de décembre, alors que mon père, ma mère et moi étions assemblés autour du feu à deviser agréablement, nous eûmes tout à coup la stupéfaction d'entendre des coups violents frappés à la porte de notre rustique demeure.

Mon père sursauta. « Quel est ce bruit ? dit-il. — On croirait quelqu'un qui heurte à la porte, repartit ma mère. — On le croirait pour tout de bon, m'écriai-je. — Je suis de votre avis, dit mon père, il semble en effet que l'origine en soit une violence peu commune exercée contre notre innocent vantail. — Oui, ajoutai-je, je ne puis m'empêcher de penser que quelqu'un sollicite l'entrée de notre maison.

— Ceci est une autre histoire, rétorqua mon père. Nous sommes dans l'incapacité de décider du motif pour lequel on frappe, encore que je sois enclin à admettre qu'effectivement c'est bien à notre porte qu'on en veut. »

À cet instant, un bruit retentissant se fit à nouveau entendre, qui interrompit le discours de mon père et nous inquiéta quelque peu, ma mère et moi.

« Ne ferions-nous pas mieux d'aller voir qui est là ? dit-elle. Les domestiques sont sortis. — Je suis de votre avis, repartis-je. — Certainement, ajouta mon père, il le faut. — Irons-nous maintenant ? demanda ma mère. — Le plus tôt sera le mieux, répondit-il. — Ah ! ne perdons pas un instant ! » m'écriai-je.

Un troisième coup, plus violent que les autres, vint choquer nos oreilles. « Je suis sûre qu'on frappe à la porte, dit ma mère. — C'est à n'en pas douter, repartit mon père. — Je crois, dis-je, que les domestiques sont de retour. Je pense entendre Mary qui va ouvrir. — J'en suis heureux, s'écria mon père, car j'ai hâte de savoir de qui il s'agit. »

Ma conjecture était la bonne. Mary entra aussitôt dans la pièce et nous informa qu'un homme jeune et distingué accompagné de son valet était à notre porte. Ils avaient perdu leur chemin, ils avaient froid, et demandaient qu'on voulût bien les laisser se réchauffer à notre feu.

« N'allez-vous pas leur donner votre permission ? dis-je. — Vous n'y voyez pas d'objection, ma chère ? demanda mon père à ma mère. — Aucune », répondit-elle[9].

Sans attendre d'autres instructions, Mary quitta immédiatement la pièce et revint sans tarder en introduisant le jouvenceau le plus beau et le plus aimable que j'eusse jamais vu. Quant au valet, elle le garda pour elle.

La sensibilité que je dois à la nature avait déjà été grandement touchée par les souffrances de ce malheureux étranger. Mais, aussitôt que je l'eus regardé, je sentis que de lui allait dépendre tout le cours, favorable ou défavorable, de mon existence future.

Adieu,

LAURA

LETTRE VI. LAURA À MARIANNE

Le jeune gentilhomme nous informa que son nom était Lindsay — mais, pour des raisons particulières, je le dissimulerai sous celui de Talbot. Il nous apprit qu'il était le fils d'un baronnet anglais, que sa mère était morte depuis de nombreuses années, et qu'il avait une sœur d'une taille moyenne[10]. « Mon père, poursuivit-il, est un misérable aux vues uniquement mercenaires — ce n'est qu'à des amis comme vous que je dévoilerais ses fautes de la sorte. Vos vertus, aimable Polydore (s'adressant à mon père), les vôtres, ma chère Claudia (s'adressant à ma mère), et les vôtres, charmante Laura (s'adressant à moi), m'engagent à placer en vous ma confiance. »

Nous nous inclinâmes.

« Mon père, séduit par l'éclat trompeur de la fortune et la magnificence illusoire d'un titre de noblesse, voulait que j'épousasse Lady Dorothea. "Jamais ! m'écriai-je. Lady Dorothea est jolie et séduisante. Je la préfère à toutes les personnes de son sexe. Mais sachez, monsieur, que je me refuse à contracter mariage pour complaire à vos souhaits. Jamais il ne sera dit que j'aurai obligé mon père." »

Nous étions tous en admiration devant la fermeté virile de sa réponse. Il poursuivit :

« Sir Edward fut surpris. Il ne s'attendait guère peut-être à rencontrer une opposition aussi résolue à sa volonté. "Où diantre as-tu été chercher, me dit-il, pareil galimatias ? Tu as étudié des romans, sans doute[11]." Je dédaignai de lui répondre : ma dignité en aurait souffert. J'enfourchai mon cheval et, suivi de mon fidèle William, partis pour l'habitation de ma tante.

« La maison de mon père se situe dans le

Bedfordshire, celle de ma tante dans le Middlesex et, quoique je me flatte d'assez bonnes connaissances en matière de géographie, je ne sais comment cela se fit, mais je me retrouvai entrant dans cette belle vallée que je découvre appartenir à la Galles du Sud, alors que je croyais avoir atteint le domaine de ma tante[12].

« Après avoir erré quelque temps sur les rives de l'Usk dans l'ignorance de la route à suivre, je commençai à lamenter mon cruel destin de la manière la plus vive et la plus pitoyable. Il faisait maintenant totalement nuit. Pas une étoile ne brillait au firmament pour diriger mes pas. Je ne sais ce qui aurait pu m'advenir si je n'avais pas enfin discerné dans l'obscurité impressionnante qui m'enveloppait une lointaine lueur qui, lorsque je m'approchai, se révéla être la flamme revigorante de votre bon feu. Sous l'accumulation des maux dont je souffrais, j'ai nommé la peur, le froid, la faim, je ne balançai pas à demander que l'on m'ouvrît, ce que je finis par obtenir. Et maintenant, adorable Laura, poursuivit-il en se saisissant de ma main, quand puis-je espérer recevoir la récompense de toutes les épreuves que j'ai endurées cependant que je vous demeurais attaché, récompense à laquelle je n'ai cessé d'aspirer ? Oh ! quand en reconnaissance m'accorderez-vous votre main[13] ?

— À l'instant, cher et aimable Edward », lui répondis-je.

Nous fûmes aussitôt unis par les soins de mon père qui, s'il n'était pas entré dans les ordres, avait bénéficié de l'instruction désirable pour ce faire.

Adieu,

LAURA

LETTRE VII. LAURA À MARIANNE

Nous ne restâmes que peu de jours après notre mariage dans la vallée de l'Usk. Après avoir fait des adieux touchants à mon père, à ma mère et à ma chère Isabel, j'accompagnai Edward chez sa tante dans le Middlesex. Philippa[14] nous accueillit tous deux avec les marques de l'affection la plus tendre. Mon arrivée la surprit le plus agréablement du monde, puisque non seulement elle ignorait tout de mon mariage avec son neveu mais ne soupçonnait aucunement l'existence d'une personne telle que moi.

Augusta, la sœur d'Edward, lui rendait alors visite. Elle ressemblait précisément à l'image que son frère m'en avait donnée, car elle était d'une taille moyenne. Sa surprise égala celle de Philippa, mais sa cordialité fut moindre. Il y avait dans son accueil une froideur déplaisante et une réserve ombrageuse qui faisaient peine et vous mettaient dans l'embarras. Dans ses manières ou sa façon de s'adresser à moi on ne découvrait rien de cette sensibilité émouvante ou de cette aimable sympathie[15] qui eussent dû caractériser notre rencontre. Ses propos manquaient d'ardeur et de sincérité. Elle n'ouvrit pas les bras pour me serrer contre sa poitrine, alors que les miens étaient tout prêts à la recevoir contre la mienne.

Une brève conversation que je surpris accidentellement entre elle et son frère accrut mon dégoût et m'assura que son cœur n'était pas davantage fait pour les tendres nœuds de l'amour que pour le commerce attachant de l'amitié.

« Croyez-vous donc que mon père s'accommodera jamais de ce mariage imprudent ? dit-elle.

— Augusta, répliqua le noble jeune homme, comment osez-vous imaginer que j'irais m'abaisser jusqu'à considérer l'approbation de mon père dans les choses qui me concernent comme de nature à compter pour moi ou à me chagriner ? Je pensais que vous aviez de votre frère meilleure opinion. Dites-moi, Augusta, sincèrement : m'avez-vous jamais vu consulter ses inclinations ou suivre ses avis pour la moindre vétille depuis l'âge de quinze ans ?

— Edward, répondit-elle, vous manquez assurément d'audace en faisant votre propre éloge. Depuis l'âge de quinze ans seulement ! Mon cher frère, depuis que vous avez eu cinq ans je vous acquitte d'avoir jamais cherché à contribuer à la satisfaction de votre père. Pourtant, je ne suis pas sans craindre que vous ne soyez à brève échéance contraint de vous avilir à vos propres yeux en quêtant un soutien pour votre nouvelle épouse auprès de la générosité de Sir Edward.

— Jamais, Augusta, je ne consentirai à tomber aussi bas, dit Edward. Un soutien ! Mais quel soutien Laura pourrait-elle jamais désirer recevoir d'une personne telle que lui ?

— Oh ! seulement celui, sans importance aucune, qu'apportent à la continuation de la vie le boire et le manger.

— Le boire et le manger ! s'exclama mon époux d'une voix où le mépris confinait au sublime. Imaginerais-tu qu'un esprit noble comme le sien ne se soutient, de manière méprisable et grossière, que par le manger et le boire ?

— Nul moyen ne me paraît plus efficace.

— N'avez-vous donc jamais ressenti, Augusta, les douces affres de l'amour, répliqua mon Edward. Paraîtrait-il impossible à votre palais vil et corrompu de vivre de beaux sentiments ? Ne parvenez-vous pas à concevoir la volupté que l'on goûte à supporter tous les tourments que peut infliger la pauvreté quand on est en compagnie de ce que l'on a de plus cher ?

— Vous êtes trop ridicule, dit Augusta, pour

qu'on puisse argumenter avec vous. Mais peut-être le temps réussira-t-il à vous convaincre que… »

À cet instant de la conversation je fus empêchée d'en entendre davantage par l'apparition d'une jeune femme très belle qu'on fit entrer dans la pièce à la porte de laquelle je tendais l'oreille. En l'entendant annoncer comme Lady Dorothea, je quittai aussitôt mon poste d'observation et la suivis dans le petit salon, car je gardais en mémoire qu'elle était celle qui avait été proposée pour épouse à mon cher Edward par le cruel et inexorable baronnet.

En théorie, la visite de Lady Dorothea était faite à Philippa et Augusta. Cependant, j'ai quelque raison de supposer que comme elle avait été informée du mariage et de la venue d'Edward son objet principal était de voir ce à quoi je ressemblais.

Je ne tardai pas à me rendre compte que, si sa personne était jolie et gracieuse, ses manières polies et sans embarras, elle appartenait à un ordre inférieur de créatures comprenant également Augusta pour ce qui est de la délicatesse des sentiments, de la tendresse des émotions et du raffinement de la sensibilité.

Elle ne resta qu'une demi-heure et, durant sa visite, ne me confia aucune de ses secrètes pensées et ne chercha pas non plus à être la confidente des miennes. Vous comprendrez donc aisément, ma chère Marianne, qu'il me fut impossible d'éprouver une tendre affection ou un attachement tout à fait sincère pour Lady Dorothea[16].

Adieu,

LAURA

LETTRE VIII. LAURA À MARIANNE (SUITE)

Lady Dorothea n'était pas depuis longtemps partie qu'un autre visiteur fut annoncé qui était aussi peu attendu qu'elle. Il s'agissait de Sir Edward. Mis au courant par Augusta du mariage de son fils, il venait probablement reprocher à ce dernier d'avoir osé unir sa destinée à la mienne sans d'abord le lui faire savoir. Mais Edward, anticipant son dessein, marcha sur lui avec un courage digne d'un héros dès qu'il entra dans la pièce et l'aborda en ces termes :

« Sir Edward, je connais le motif de votre visite. Vous venez dans l'ignominieuse intention de me reprocher un engagement indissoluble avec ma chère Laura, souscrit sans votre consentement. Mais, monsieur, je me glorifie de cette action. Ce dont je m'enorgueillis le plus est d'avoir encouru le déplaisir de mon père ! »

Sur ces mots, il me prit par la main et, tandis

qu'assurément Sir Edward, Philippa et Augusta réfléchissaient avec admiration à son indomptable bravoure, du petit salon il me fit gagner la voiture du baronnet demeurée à la porte. Nous y montâmes et pûmes aussitôt échapper à la poursuite de son propriétaire.

Les postillons d'abord reçurent l'ordre de prendre la route de la capitale. Mais, dès que nous y eûmes suffisamment réfléchi, nous leur commandâmes de se diriger vers M***, résidence de l'ami le plus cher d'Edward, qui n'était qu'à quelques lieues de là.

Il nous fallut peu de temps pour nous y rendre. Nous donnâmes nos noms et fûmes aussitôt reçus par Sophia, l'épouse du maître des lieux. J'avais pendant trois semaines été privée d'une amie véritable (car c'est bien ainsi que je considère votre mère). Imaginez mes transports lorsque je vis quelqu'un qui méritait aussi pleinement cette appellation. Sophia était d'une taille un peu supérieure à la moyenne. Sa personne était des plus gracieuses. Une douce langueur se répandait sur une physionomie charmante et ne faisait qu'en accentuer la beauté. Cette langueur caractérisait sa nature. Elle n'était que sensibilité et sentiment. Nous nous jetâmes dans les bras l'une de l'autre et, après avoir échangé des serments d'amitié qui nous liaient pour le restant de nos vies, nous confiâmes mutuellement sur-le-champ les secrets les plus intimes de nos cœurs.

Nous fûmes interrompues dans cette charmante occupation par l'entrée d'Augustus, l'ami d'Edward, qui revenait d'une promenade solitaire. Jamais je n'avais été le témoin d'une scène aussi touchante que leur réunion.

« Ma vie ! mon âme ! » s'écria le premier. « Mon ange ! » repartit le second. Ils s'étreignirent. C'était un spectacle trop émouvant pour la sensibilité de Sophia comme pour la mienne : tour à tour nous tombâmes en pâmoison sur un sofa[17].

Adieu,

LAURA

LETTRE IX. DE LA MÊME À LA MÊME

Vers la fin de la journée nous reçûmes de Philippa la lettre suivante :

Sir Edward est très irrité de votre brusque départ. Il est retourné dans le Bedfordshire en emmenant Augusta avec lui. Malgré tout le souhait que j'ai de bénéficier à nouveau de votre charmante société, je ne puis me résoudre à vous arracher à celle d'amis qui vous sont aussi justement chers. Lorsque vous aurez achevé votre visite auprès d'eux, je gage que vous reviendrez dans les bras de votre

PHILIPPA

Nous fîmes une réponse appropriée à ce billet plein d'affection. Après l'avoir remerciée de son aimable invitation, nous assurâmes Philippa que nous mettrions certainement cette invitation à profit lorsque nous ne saurions plus où aller. Rien ne pouvait certes paraître plus satisfaisant que la gratitude en notre message à un être doué de raison. Pourtant, je ne sais comment cela se fit, mais elle eut le caprice de se fâcher de notre comportement. Quelques semaines après, soit dans le but de se venger de notre conduite, soit afin d'adoucir sa solitude, elle épousa un coureur de dot jeune et dépourvu d'instruction. Cette résolution imprudente, bien qu'il ne pût nous échapper qu'elle devait selon toute vraisemblance nous priver de la fortune que Philippa nous avait toujours laissé espérer, ne réussit point, au souvenir de ce que nous perdions, à tirer le moindre soupir de personnes aussi désintéressées que nous. En revanche, en apprenant la nouvelle, la crainte que ce ne fût pour la pauvre dupe une source de malheurs sans fin affecta grandement notre vive sensibilité.

Les instances d'Augustus et de Sophia, nous pressant affectueusement de désormais considérer leur maison comme la nôtre, eurent tôt fait de nous décider à ne plus jamais les quitter. Dans la société de mon cher Edward et de ce couple charmant, je passai les moments les plus heureux de ma vie. Notre temps était employé de la manière la plus délicieuse à nous jurer l'un à l'autre une indéfectible amitié et faire vœu d'un amour inaltérable. En cette occupation nous étions assurés de ne pas être interrompus par de fâcheux visiteurs, comme Augustus et Sophia à leur arrivée dans le pays avaient pris soin d'informer les familles du voisinage que, leur bonheur ne dépendant que d'eux-mêmes, ils ne souhaitaient pas d'autre compagnie que la leur.

Hélas ! chère Marianne, une félicité comme celle-là était trop parfaite pour pouvoir durer. Un revers terrible et inattendu d'un coup anéantit tous les plaisirs qu'il m'était donné de ressentir. Ce que je vous ai dit au sujet d'Augustus et de Sophia a dû vous convaincre que jamais couple n'avait été plus heureux. Il est donc inutile, je présume, de vous informer que leur union s'était accomplie en dépit des souhaits de parents cruels à l'esprit mercenaire qui, animés d'une persévérance opiniâtre, avaient vainement tenté de les contraindre à un mariage avec des personnes qu'ils avaient toujours abhorrées. Faisant preuve d'un courage héroïque, cependant, digne d'être admiré et gardé en mémoire, ils avaient l'un et l'autre constamment refusé de se soumettre à un pouvoir aussi despotique.

Après s'être noblement libérés des chaînes de l'autorité parentale par le moyen d'un mariage clandestin, ils étaient décidés à ne jamais perdre l'estime qu'ils s'étaient acquise dans le monde en acceptant les offres de réconciliation pouvant leur être faites par leurs pères respectifs. À cette mise à l'épreuve supplémentaire de leur bel esprit d'indépendance, toutefois, ils ne furent jamais exposés.

Lorsque commença notre visite, leur mariage datait de quelques mois. Durant ce temps ils avaient vécu à leur aise d'une grosse somme d'argent qu'Augustus avait dérobée avec grâce dans l'écritoire de son indigne père, peu de jours avant d'unir sa destinée à celle de Sophia.

Notre arrivée augmenta considérablement leur dépense, tandis que leurs ressources étaient près d'être épuisées. Mais, éloignés des basses réalités, ces êtres d'exception dédaignèrent d'accorder ne fût-ce qu'une pensée à leurs ennuis d'argent. Ils auraient rougi à l'idée de payer leurs dettes. Hélas ! quel ne fut pas le sort réservé à pareil désintéressement ! Le bel Augustus fut arrêté, et ce fut la ruine pour tous. Une telle perfidie chez les auteurs cruels de cette mauvaise action bouleversera une nature aussi douce que la vôtre, très chère Marianne, autant qu'elle toucha la sensibilité délicate d'Edward, de Sophia, de votre Laura, et celle d'Augustus lui-même. Pour mettre un comble à cette barbarie sans exemple, on nous fit savoir qu'on procéderait sous peu à une saisie mobilière dans le château. Que pouvions-nous faire d'autre que ce que nous fîmes ? Nous soupirâmes et défaillîmes sur le sofa.

Adieu,

LAURA

LETTRE X. LAURA (SUITE)

Une fois que nous fûmes quelque peu remis des effusions éprouvantes de notre chagrin, Edward émit le désir que nous réfléchissions ensemble à la mesure la plus prudente à prendre dans la situation malheureuse qui était la nôtre, tandis qu'il visiterait son ami dans sa prison pour déplorer avec lui son infortune. Nous lui promîmes d'y songer, et il se mit en chemin pour accomplir son voyage vers la capitale. Pendant son absence, nous nous conformâmes à son souhait et, au terme d'une mûre délibération, en vînmes à la conclusion que la meilleure chose à faire était de quitter les lieux. À tout instant, nous attendions l'arrivée des officiers de justice venus effectuer la saisie. Ce fut donc avec la plus grande impatience que nous guettâmes le retour d'Edward, afin de le mettre au courant du résultat de nos réflexions. Mais nul Edward ne parut. En vain nous comptâmes les tristes instants de son absence, nous pleurâmes en vain, en vain même nous poussâmes des soupirs : point d'Edward. C'était pour notre sensibilité délicate un revers trop cruel, trop fortuit ; nous ne pûmes le supporter ; nous tombâmes en pâmoison.

Finalement, je fis appel à toute la détermination dont j'étais capable et me levai. Je fis un paquet des quelques hardes qui nous étaient indispensables, à Sophia et à moi, puis je la traînai jusqu'à une voiture que j'avais commandée et, sans attendre, nous partîmes pour Londres. L'habitation d'Augustus était à moins de cinq lieues de la capitale. Il ne nous fallut donc pas longtemps pour y parvenir. À peine étions-nous entrées dans Holborn[18] que, baissant une vitre, je demandai à tous les passants n'ayant pas trop mauvaise mine s'ils avaient vu mon cher Edward.

Hélas ! nous roulions trop vite pour leur permettre de répondre à mes questions réitérées. Je ne recueillis que peu de renseignements le concernant — aucun, à dire vrai. « Où dois-je vous conduire ? demanda le postillon. — À Newgate[19], mon jeune ami, répondis-je, pour voir Augustus. — Non, non, s'exclama Sophia. Je ne puis aller à Newgate. Je ne pourrais y tolérer la vue de mon Augustus victime d'une captivité aussi cruelle. Le récit de sa détresse m'est déjà difficile à supporter. En être le témoin serait trop éprouvant pour ma sensibilité. » Je me rendis entièrement à ses raisons, et à l'instant ordre fut donné au postillon de retourner à la campagne.

Peut-être aurez-vous été quelque peu surprise, très chère Marianne, que dans les épreuves auxquelles j'étais confrontée, sans secours, sans habitation, je ne me sois jamais souvenue de mon père et de ma mère, ou de la chaumière paternelle dans la vallée de l'Usk. Afin de justifier cet oubli apparent, il me faut vous informer d'une circonstance de peu de poids les concernant que je n'ai pas encore eu l'occasion de mentionner, celle de leur mort, quelques semaines après mon départ. Leur décès faisait de moi la légitime propriétaire de leur demeure et de leur fortune. Hélas ! la maison ne leur avait jamais appartenu, et leur fortune se bornait à une rente viagère. Telle est la dépravation de ce monde !

C'eût été avec plaisir que je fusse retournée auprès de votre mère. J'aurais été heureuse de lui présenter ma charmante Sophia. Avec joie j'aurais passé le reste de ma vie dans la vallée de l'Usk auprès de personnes si chères, si un obstacle n'avait pas été mis à l'exécution d'un aussi aimable projet — je veux parler du mariage de votre mère et de son départ pour une lointaine région de l'Irlande[20].

Adieu,

LAURA

« J'ai un parent en Écosse, me dit Sophia à notre départ de Londres, qui, j'en suis certaine, n'hésiterait pas à me recevoir. — Demanderai-je au valet de nous y conduire ? » lui répondis-je. Mais, aussitôt reprenant mes esprits, je m'écriai : « Hélas ! je crains que le voyage ne soit trop long pour les chevaux. » Ne voulant pas toutefois fonder ma conduite sur la connaissance imparfaite que j'avais de la force et des capacités de la race chevaline, je consultai le postillon, qui fut tout à fait de mon avis en cette affaire. Nous décidâmes en conséquence de changer d'attelage à la prochaine ville et de faire en poste le reste du voyage[21].

Arrivées à la dernière auberge où nous devions nous arrêter, et qui n'était qu'à quelques lieues de l'habitation du parent de Sophia, afin d'éviter d'imposer notre présence à quelqu'un qui ne nous attendait pas et ne songeait même pas à nous, nous rédigeâmes à son intention un billet joliment tourné, plein d'élégance, contenant un état de notre triste situation, un aveu de notre dénuement, et découvrant aussi notre intention de passer quelques mois chez lui en Écosse. Aussitôt cette lettre expédiée, nous nous préparions sans tarder à la suivre, et dans ce but montions dans la voiture, quand notre attention fut attirée par l'entrée dans la cour de l'auberge d'un carrosse à quatre chevaux. Les armoiries sur la portière étaient surmontées d'une couronne[22]. Il descendit de ce carrosse un vieillard chargé d'ans. Dès que je l'aperçus, ma sensibilité en fut étonnamment émue. Avant même un deuxième regard, une sympathie instinctive troubla mon cœur[23] et lui chuchota que je me trouvais en présence de mon grand-père.

Certaine que je ne pouvais commettre d'erreur en cette supposition, aussitôt je sautai en bas de la voiture où je venais de monter. Je suivis le vénérable étranger dans la pièce où on l'avait mené, tombai à ses genoux et l'invitai à reconnaître en moi sa petite-fille. Il sursauta, examina attentivement mes traits, me releva et, jetant ses bras protecteurs autour de mon cou, s'écria : « Te reconnaître ! Oui, vraiment, chère image de ma Laurina et de la fille de ma Laurina, vivant portrait de ma Claudia et de la mère de ma Claudia, bien sûr je te reconnais, comme l'enfant de l'une et la descendante de l'autre[24]. »

Tandis qu'il m'étreignait ainsi affectueusement, Sophia, surprise de mon absence inopinée, entra dans la pièce à ma recherche. Elle n'eut pas plus tôt retenu l'attention du vénérable gentilhomme qu'il s'exclama, en proie à l'étonnement le plus grand : « Mais c'est une autre petite-fille ! Je vois bien que vous êtes l'enfant de la plus âgée des filles de ma Laurina. Votre ressemblance avec la belle Matilda le prouve suffisamment. — Ah ! repartit Sophia, lorsque je vous vis pour la première fois, l'instinct de la nature me souffla que nous avions un lien de parenté. Mais étiez-vous mon grand-père, ma grand-mère ? Je ne pouvais prétendre le déterminer. »

Il la serra sur son cœur. Durant ces tendres embrassades la porte de la pièce s'ouvrit, et un jeune homme parut, d'une grande beauté. En l'apercevant, Lord St Clair tressaillit. Il recula de quelques pas en levant les bras au ciel et dit : « Un autre petit-enfant ! Quel bonheur inespéré de découvrir en l'espace de trois minutes un aussi grand nombre de mes descendants ! Je vois assurément Philander, le fils de la troisième fille de ma Laurina, l'aimable Bertha. Il ne manque plus que la présence de Gustavus pour compléter la réunion des petits-enfants de ma Laurina.

— Le voici, dit un jeune homme plein de grâce entrant dans la chambre, voici le Gustavus que vous avez désiré voir. Je suis le fils d'Agatha, la quatrième et dernière fille de votre Laurina. — Je le vois bien, répondit Lord St Clair. Mais dites-moi, poursuivit-il en jetant du côté de la porte des regards inquiets, dites-moi, ai-je d'autres descendants qui m'attendent encore dans cette maison ? — Aucun, monseigneur. — En ce cas, je pourvoirai à vos besoins à tous sans plus attendre. Voici quatre billets de banque d'une valeur de cinquante livres chacun. Prenez-les, et rappelez-vous que je me suis acquitté de mes devoirs de grand-père. » Il quitta aussitôt la pièce, puis la maison.

Adieu,

LAURA

LETTRE XII. LAURA (SUITE)

Vous n'aurez nulle peine à imaginer à quel point nous fûmes surprises du départ brusqué de Lord St Clair. « L'ignoble aïeul ! » s'exclama Sophia. « L'indigne grand-père ! » dis-je à mon tour. Aussitôt nous défaillîmes dans les bras l'une de l'autre. Je ne sais combien de temps nous demeurâmes dans cette situation mais, lorsque nous reprîmes connaissance, nous étions seules, et Gustavus, Philander, tout comme les billets de banque avaient disparu.

Nous déplorions notre misérable destin lorsque la porte s'ouvrit et quelqu'un annonça : « Macdonald ! » C'était le cousin de Sophia. La hâte avec laquelle il venait à notre secours, si peu de temps après la réception de notre billet, parlait tellement en sa faveur que je n'hésitai pas à voir en lui un ami plein de tendresse et de sympathie[25]. Hélas ! il ne méritait guère cette appellation. Il nous assura qu'il était fort touché de nos malheurs. Cependant, à l'entendre il apparut que la lecture qu'il en avait faite ne lui avait pas arraché le moindre soupir et ne l'avait pas davantage incité à maudire une seule fois l'étoile maligne sous laquelle nous étions nées[26]. Il dit à Sophia que sa fille espérait bien qu'elle le suivrait au château des Macdonald. Pour moi, en tant qu'amie de sa cousine, il serait charmé de m'y recevoir également.

Nous prîmes donc le chemin de ce château et y fûmes accueillies avec beaucoup d'amabilité par Janetta, la fille de Macdonald et la maîtresse de maison. Elle n'était âgée que de quinze ans. La nature lui avait été propice. Elle l'avait pourvue d'un cœur sensible et d'une propension à la sympathie. Si ces aimables qualités avaient reçu l'encouragement qu'elles méritaient, elle aurait pu faire honneur à l'espèce humaine. Mais, hélas, son père n'avait pas l'âme assez haute pour admirer un naturel aussi prometteur. Par tous les moyens en son pouvoir il s'était efforcé d'en contrecarrer l'épanouissement. Il avait en fait à ce point étouffé la sensibilité innée de ce noble cœur qu'il avait obtenu qu'elle acceptât la proposition de mariage d'un jeune homme recommandé par lui. Ils devaient se marier dans quelques mois, et Graham était dans la place à notre arrivée.

Nous eûmes tôt fait de le percer à jour. Il

était précisément l'homme dont on aurait pu attendre qu'il fût le choix de Macdonald. On nous dit qu'il était plein de bon sens, instruit, agréable. Nous ne prétendîmes pas pouvoir juger de ces bagatelles mais, convaincues comme nous l'étions qu'il n'avait pas d'âme, qu'il n'avait jamais lu *Les Souffrances du jeune Werther*[27], que ses cheveux n'offraient aucune ressemblance avec la couleur châtain clair, nous étions sûres que Janetta ne pouvait pas éprouver de l'affection pour lui, ou du moins qu'elle se devait de n'en éprouver aucune. Le fait même qu'il représentait le choix de son père lui était en outre si défavorable que, s'il avait été digne d'elle à tous autres égards, cette raison seule aurait dû suffire à la jeune fille pour le rejeter.

C'étaient là des considérations que nous étions décidées à faire valoir à ses yeux dans toute leur importance, et nous ne doutions pas du succès désiré auprès d'une personne naturellement aussi bien disposée, dont les erreurs en cette affaire n'étaient imputables qu'au défaut d'une juste confiance en sa propre opinion et d'un mépris suffisant pour les avis de son père. Nous la trouvâmes en vérité en tout point semblable à ce que nos vœux les plus chers eussent pu souhaiter. Nous n'eûmes pas de difficulté à la convaincre de l'impossibilité qu'elle eût jamais pu aimer Graham, et de son devoir de désobéir à la volonté paternelle. Elle ne parut guère hésiter que lorsque nous l'assurâmes qu'elle était certainement attachée à quelqu'un d'autre. Elle s'obstina d'abord à déclarer qu'elle ne connaissait par ailleurs aucun jeune homme pour qui elle ressentît le moindre penchant. Mais, quand nous lui eûmes expliqué pourquoi ce n'était pas concevable, elle admit qu'elle croyait bien préférer dans son entourage le capitaine M'Kenzie. Cet aveu nous satisfit et, après lui avoir énuméré les qualités de M'Kenzie et lui avoir garanti qu'elle en était violemment éprise, nous cherchâmes à savoir s'il l'avait jamais de quelque manière mise au courant de sa flamme.

« Loin de l'avoir jamais déclarée, dit Janetta, je n'ai nulle raison de penser qu'il ait jamais ressenti pour moi quelque chose de ce genre. — De son adoration, lui repartit Sophia, on ne saurait entretenir un doute. L'attachement ne peut être que réciproque. Ne vous a-t-il jamais adressé un long regard admiratif ? N'a-t-il jamais tendrement pressé votre main, versé involontairement une larme, quitté la pièce avec soudaineté ? — Jamais, répondit-elle. Il a bien toujours quitté la pièce au terme de sa visite, mais il n'est jamais parti avec une brusquerie particulière, ou sans s'incliner poliment. — Ma bonne amie, lui dis-je, il ne se peut que vous ne fassiez une erreur, car il est tout à fait impossible qu'il se soit jamais séparé de vous autrement que dans la confusion, le désespoir et la hâte[28]. Réfléchissez un instant, Janetta, et vous devrez conclure qu'il est absurde d'imaginer qu'il ait jamais pu faire une courbette ou se conduire comme tout un chacun. »

Cette difficulté résolue de manière satisfaisante pour nous, notre attention se porta sur la façon dont nous devrions informer M'Kenzie de l'opinion favorable que Janetta avait conçue de ses mérites. Finalement, nos avis concordèrent pour le lui faire connaître au moyen d'une lettre anonyme, que Sophia composa comme suit :

Ah ! heureux homme épris de la belle Janetta, enviable possesseur du cœur d'une femme destinée à un autre, pourquoi de la sorte différer l'aveu d'un attachement à l'objet aimable de vos vœux ? Ah ! songez que quelques semaines mettront un terme définitif à tous les espoirs flatteurs que vous entretenez à présent en unissant l'infortunée victime de la cruauté d'un père à l'exécrable et exécré Graham.

Hélas ! pourquoi cette complicité barbare avec un projet qui fera son malheur et le vôtre en retardant comme vous le faites la communication d'un dessein qui ne peut manquer d'avoir depuis longtemps séduit votre imagination ? Un mariage secret en un tournemain vous rendra heureux l'un et l'autre.

L'aimable M'Kenzie dont la modestie, il nous l'assura par la suite, avait seule causé la dissimulation de la passion sans bornes qu'il éprouvait pour Janetta, à la réception de ce billet sur les ailes de l'amour vola jusqu'au château des Macdonald. Il mit tant d'ardeur à plaider la cause de son affection auprès de celle qui l'avait inspirée qu'après quelques entrevues de plus en privé, Sophia et moi eûmes la satisfaction de les voir partir pour Gretna Green[29], qu'ils choisirent pour la célébration de leurs noces, de préférence à toute autre destination, bien qu'elle se situât à une distance considérable de la résidence des Macdonald.

Adieu,

LAURA

LETTRE XIII. LAURA (SUITE)

Il y avait presque deux heures qu'ils étaient partis, et ni Macdonald ni Graham n'avaient le moindre soupçon de la chose. Leur attention alors aurait même pu ne pas être éveillée sans le petit incident que voici : Sophia un jour, ouvrant par hasard un tiroir secret dans la bibliothèque de Macdonald avec l'une de ses clefs, découvrit que c'était là qu'il gardait ses papiers les plus importants et vit au milieu d'eux quelques billets de banque d'une valeur considérable. Elle me fit part de sa découverte. Nous tombâmes d'accord que ce serait traiter selon ses mérites un homme aussi vil et abject que l'était Macdonald si nous le privions d'un argent acquis peut-être de manière frauduleuse. Nous décidâmes en conséquence que la prochaine fois que nos pas nous conduiraient de ce côté, nous ôterions un billet, ou davantage, au contenu du tiroir. C'était un plan bien conçu, et nous l'avions souvent mis à exécution avec succès quand, hélas, le jour même de la fuite de Janetta, alors qu'avec majesté Sophia faisait passer le cinquième des billets de banque du tiroir dans sa bourse, brusquement et de la manière la plus impertinente elle fut interrompue dans son ouvrage par l'entrée de Macdonald en personne, faisant irruption dans la pièce avec une précipitation excessive.

Sophia qui, bien que naturellement d'une douceur touchante, pouvait lorsque l'occasion l'exigeait faire appel à toute la dignité de son sexe, à l'instant prit un visage des plus sévères. Jetant un regard irrité au coupable qui ne tremblait pas, elle lui demanda fièrement pourquoi aussi insolemment on osait attenter à une solitude qu'elle avait recherchée. Macdonald, sans rougir, sans même tenter de se disculper du crime dont on l'accusait, bassement entreprit de lui faire le reproche de vouloir le frustrer de son argent. Sophia fut blessée dans son amour-propre. « Misérable, s'exclama-t-elle, en replaçant hâtivement le billet dans le tiroir, comment peux-tu avoir l'audace de m'imputer un geste dont la seule mention me fait monter le rouge au front ? »

Le misérable n'était pas convaincu. Il continuait à charger de reproches une Sophia justement offensée, et ce dans un langage si injurieux qu'il finit par impatienter grandement une nature aussi débonnaire que la sienne, au point de l'inciter à se venger de lui en l'informant de la fuite de Janetta et de la part active que nous avions prise en cette affaire. À ce moment de la querelle, j'entrai dans la bibliothèque et fus, comme vous l'imaginerez aisément, aussi touchée que Sophia par les accusations sans fondement du malfaisant et méprisable Macdonald. « Infâme, scélérat, m'écriai-je, comment peux-tu sans honte tenter de souiller la réputation immaculée d'un mérite tellement au-dessus des autres ? Pourquoi ne pas, tant que tu y es, jeter le doute sur ma propre innocence ? — Soyez sans crainte, madame, répondit-il, j'ai là-dessus mes soupçons et, en conséquence, me vois contraint de vous demander à toutes deux de quitter cette maison dans la demi-heure qui suit.

— Nous partirons, mais de notre plein gré, riposta Sophia. Nos cœurs depuis longtemps te tiennent en abomination. Seule l'amitié qui nous lie à ta fille a pu nous engager à rester aussi durablement sous ton toit.

— De votre amitié pour ma fille vous avez certes donné les preuves les plus irréfutables en la poussant dans les bras d'un coureur de dot dénué de principes.

— Oui, m'exclamai-je, au milieu de toutes nos épreuves nous restera la consolation de penser que par ce seul témoignage d'amitié envers Janetta nous nous sommes largement acquittées de toutes les obligations que nous avions à l'égard de son père.

— C'est là une pensée, dit-il, qui doit être d'un bien grand secours à des personnes qui ont votre élévation de sentiments. »

Dès que nous eûmes mis dans nos valises garde-robe et objets précieux, nous quittâmes le château des Macdonald et, après avoir marché près d'une demi-lieue, nous nous assîmes près d'une eau claire et limpide pour reposer nos membres fatigués. L'endroit était propice à la méditation. Un bosquet d'ormes de belle taille nous abritait du vent d'est, un carré d'orties bien hautes du vent d'ouest. Devant nous coulait un ruisseau murmurant, derrière une route à péage[30]. Nous étions d'humeur à nous livrer à la contemplation et prêtes à tirer plaisir de toute la beauté du site. L'une et l'autre, nous étions quelque temps demeurées silencieuses quand je mis fin à cette paix en m'écriant : « Quel joli tableau ! Dommage qu'Edward et Augustus ne soient pas ici pour avec nous jouir de ses charmes !

— Ah ! ma chère Laura, s'écria Sophia, par pitié abstenez-vous de rappeler à mon souvenir la malheureuse situation de mon époux emprisonné. Hélas ! que ne donnerais-je pas pour apprendre le sort réservé à mon Augustus, savoir s'il est toujours à Newgate ou s'il est déjà pendu ! Jamais pourtant je ne pourrai suffisamment dominer ma sensibilité délicate pour m'enquérir de ce qu'il est devenu. Oh ! je vous en conjure, ne m'obligez pas à entendre répété ce nom que j'idolâtre. Cela me touche trop profondément. Je ne puis supporter qu'on le mentionne, cela me fend le cœur. — Pardonnez-moi, chère Sophia, répondis-je, de vous avoir ainsi offensée sans le vouloir. »

Afin de changer la conversation, je l'invitai alors à admirer la noble grandeur des ormes qui nous abritaient du zéphyr venu de l'est[31]. « Hélas ! chère Laura, me dit-elle, évitez un sujet aussi mélancolique, je vous en supplie. Ne heurtez pas ma sensibilité par des remarques sur ces ormes. Ils me rappellent Augustus. Il leur ressemblait. Il était grand, majestueux. Il possédait cette grandeur que vous trouvez admirable en eux. »

Je me tus, de peur de la faire davantage souffrir par un recours à un autre sujet pour notre conversation qui lui remît de nouveau Augustus en mémoire.

« Pourquoi ne parlez-vous pas, chère Laura ? me dit-elle après une courte pause. Je ne puis tolérer ce silence. Il ne faut pas m'abandonner à mes réflexions, elles reviennent sans cesse à Augustus.

— Comme ce ciel est beau ! m'exclamai-je. Comme l'azur est agréablement varié par ces traînées blanches pleines de délicatesse !

— Chère Laura, s'empressa-t-elle de me repartir après un bref regard en direction du firmament, ne m'accablez pas de la sorte en me sollicitant de porter mon attention sur un objet qui si cruellement me rappelle le gilet de satin bleu de mon Augustus avec ses rayures blanches ! Par pitié pour votre malheureuse amie, évitez de parler de choses aussi affligeantes. »

Que pouvais-je faire ? Les sentiments de Sophia étaient alors si vifs, sa tendresse pour Augustus si facile à blesser que je n'eus pas la force d'aborder aucun autre sujet. Je craignais à juste titre d'affecter de manière insoupçonnée toute la sensibilité dont elle était capable en orientant ses pensées vers son époux. Cependant se taire était cruel : elle m'avait conjurée de ne pas rester silencieuse.

J'échappai heureusement à ce dilemme grâce à un événement tout à fait opportun. Par chance, un phaéton[32] conduit par un homme se renversa sur la route qui s'étendait, murmurante, derrière nous. L'accident était des mieux venus en détournant l'attention de Sophia des tristes réflexions auxquelles elle s'était livrée. Nous quittâmes nos places à l'instant pour voler au secours de personnes qui, si peu de temps auparavant, se trouvaient dans la situation élevée permise par une voiture haute, comme le voulait la mode, et qui à présent gisaient dans la poussière. « Quel vaste sujet pour la méditation sur la précarité des plaisirs de ce monde ce phaéton et la vie du cardinal Wolsey[33] n'offriraient-ils pas à un esprit porté à la réflexion ! » dis-je à Sophia, tandis que nous nous hâtions vers le théâtre de l'action.

Elle n'eut pas le temps de répondre, car toutes nos pensées étaient requises par l'horrible spectacle qui s'offrait à nos yeux. Deux hommes très élégamment vêtus mais baignant dans leur sang, telle fut la scène qui frappa notre regard. Nous nous approchâmes : c'étaient Edward et Augustus. Oui, très chère Marianne, il s'agissait de nos deux époux[34]. Sophia poussa un cri perçant et tomba sans connaissance. Je me mis à crier moi aussi, et sur-le-champ succombai à la folie[35]. Nous restâmes ainsi quelques minutes insensibles et n'eûmes pas plus tôt recouvré l'usage de nos sens que nous en fûmes à nouveau privées. Pendant un quart d'heure nous connûmes cette malheureuse situation : à tout moment Sophia défaillait, tandis que je sombrais aussi souvent dans la déraison.

Enfin un gémissement de l'infortuné Edward (seul à garder un peu de vie en lui) nous permit de redevenir nous-mêmes. Certes, si nous avions imaginé plus tôt que l'un des deux respirait encore, nous aurions été plus économes de nos lamentations. Mais, supposant à première vue qu'ils avaient cessé de vivre, nous pensions qu'il ne restait rien d'autre à faire que ce que nous faisions. À peine, donc, entendîmes-nous le soupir de mon Edward que, remettant temporairement à plus tard l'expression de notre douleur, nous nous hâtâmes de courir auprès de ce cher jeune homme. Tombant à genoux, elle d'un côté et moi de l'autre, nous l'adjurâmes de ne pas mourir.

« Laura, me dit-il, en fixant sur moi un regard alangui, je crains d'avoir versé. »

J'étais ravie de découvrir qu'il avait encore tous ses esprits.

« Ah ! racontez-moi, Edward, lui dis-je, je vous le demande, avant de mourir racontez-moi ce qui vous est arrivé depuis le malheureux jour où l'on mit Augustus en prison et où nous fûmes séparés.

— Je vais le faire », dit-il et, poussant aussitôt un profond soupir, il rendit l'âme. Sophia sur-le-champ tomba de nouveau en pâmoison. Mon affliction fut plus facile à percevoir : ma voix trembla, mes yeux s'égarèrent, mon visage devint d'une pâleur mortelle, et mes sens furent considérablement troublés.

« Ne me parlez pas de phaétons, dis-je, en proie à un délire furieux, et extravagant de manière incohérente. Donnez-moi un violon. Je vais jouer pour lui afin d'adoucir ses heures de tristesse. Prenez garde, nymphes amies, à la foudre de Cupidon. Évitez les traits perçants de Jupiter. Regardez ce bosquet de sapins. J'aperçois un gigot de mouton. On m'a dit qu'Edward n'était pas mort, mais on m'a trompée : on l'a confondu avec un concombre. »

Je persistai sur le même mode dans ces folles exclamations que me causait la mort d'Edward. Deux heures durant, je délirai de la sorte et ne me serais pas interrompue, comme je n'étais pas fatiguée le moins du monde, si Sophia, qui venait de sortir de son évanouissement, ne m'avait pas pressée de prendre en considération le fait que la nuit était proche et que tombait l'humidité du soir. « Et où irons-nous, lui dis-je, pour nous protéger de l'une et de l'autre ? — Dans cette chaumière blanche », répondit-elle en désignant un édifice avenant qui s'élevait au milieu du bouquet d'ormes et qui jusqu'alors avait échappé à mes regards.

Je lui donnai mon assentiment, et nous nous y rendîmes sur-le-champ. Nous frappâmes à la porte. Une vieille femme vint nous ouvrir. Quand nous lui demandâmes de nous loger pour la nuit, elle nous informa de l'exiguïté de sa demeure, qui ne comportait que deux chambres. Cependant, nous pouvions disposer de l'une des deux. Cela nous satisfit, et nous suivîmes cette brave personne dans sa maison, où la vue d'un bon feu nous réconforta grandement.

La dame était veuve et n'avait qu'une fille, de dix-sept ans[36] à peine. Un âge des plus prometteurs ! Hélas ! elle était sans beauté aucune et son nom était Bridget… On ne pouvait en conséquence rien attendre d'elle. Impossible de lui supposer des idées nobles, des sentiments délicats, une sensibilité raffinée. Elle n'était rien de mieux qu'une jeune femme au caractère aimable, aux manières polies et obligeantes. Il nous était difficile de concevoir de l'éloignement pour quelqu'un comme elle. Nous ne pouvions en faire qu'un objet de mépris.

Adieu,

LAURA

LETTRE XIV. LAURA (SUITE)

Armez-vous, jeune et charmante amie, de toute la philosophie dont vous êtes capable, réveillez tout votre courage car, hélas, en parcourant les pages qui vont suivre, votre sensibilité sera mise à rude épreuve. Ah ! qu'étaient les malheurs que j'avais déjà connus et dont je vous ai fait part auprès de celui que je vais à présent vous découvrir ! La mort de mon père, celle de ma mère, celle de mon mari, bien qu'outrepassant presque ce que la douceur de ma nature était en mesure de supporter, n'étaient rien en comparaison de la calamité que je me prépare maintenant à vous narrer.

Le matin qui suivit notre arrivée à la chaumière, Sophia se plaignit d'une violente douleur dans ses membres délicats, accompagnée d'un désagréable mal de tête. Elle l'attribuait à un refroidissement dont elle aurait souffert tandis qu'elle défaillait à de multiples reprises, la veille, au grand air, cependant que tombait la rosée de la nuit[37]. Ses craintes, hélas, n'étaient sans doute que trop fondées. Comment en effet expliquer que j'eusse échappé à la même indisposition, sinon en supposant que les mouvements de mon corps dus à mes accès répétés de folie m'avaient si efficacement fait circuler et réchauffé le sang qu'ils m'avaient protégée contre la froide humidité nocturne. Sophia, elle, gisant complètement inerte sur le sol, avait certainement été exposée à son entière rigueur. La maladie de mon amie me causa de vives alarmes. Il se peut qu'elle vous apparaisse bénigne, mais mon cœur sensible me murmurait que le mal lui serait en définitive fatal.

Hélas ! mes appréhensions ne se révélèrent que trop justifiées. Son état ne fit qu'empirer, et chaque jour augmenta mon inquiétude. Finalement elle dut ne plus quitter le lit que nous avait offert notre estimable hôtesse. Sa maladie se changea en une phtisie galopante, qui l'emporta au bout de quelques jours. Au milieu de toutes les plaintes que m'arracha son sort (et vous pouvez supposer qu'elles ne manquèrent pas d'être déchirantes), j'eus cependant la consolation de me dire que je n'avais épargné aucun des soins qui pouvaient lui être prodigués. Chaque jour, je lui avais donné mes pleurs, j'avais baigné son doux visage de mes larmes et sans cesse pressé ses belles mains dans les miennes.

« Chère Laura, me dit-elle, quelques heures avant de succomber, que ma fin malheureuse vous serve de leçon ! Évitez la conduite imprudente qui en est la cause, gardez-vous des évanouissements. Sur le moment, il se peut qu'ils soulagent et plaisent. Cependant, croyez-moi, au bout du compte, s'ils se répètent trop fréquemment et de manière inopportune, ils seront fatals à votre constitution. Mon sort vous apprendra ceci : je meurs victime du chagrin que m'inspira le décès d'Augustus. Une pâmoison funeste m'aura coûté la vie. Défiez-vous des évanouissements, ma chère Laura. Un accès de folie est loin d'être aussi pernicieux. Il constitue un exercice pour le corps et, s'il n'est pas trop violent, peut dans ses effets, je pense, être favorable à une bonne santé. Tombez folle aussi souvent qu'il vous plaira, mais ne vous évanouissez jamais[38]. »

Ce furent les derniers mots qu'elle m'adressa. Tel fut sur son lit de mort le conseil qu'elle donna à sa Laura désolée, qui depuis lors l'a toujours fidèlement suivi.

J'accompagnai ma regrettée compagne jusqu'au tombeau où elle descendait prématurément[39]. Aussitôt (bien qu'il fît nuit noire), je quittai le village abhorré où elle avait perdu la vie et près duquel avaient expiré mon époux et Augustus. Je ne m'en étais éloignée que de quelques pas lorsque je fus rejointe par une diligence où je pris place immédiatement. J'étais résolue à gagner ainsi Édimbourg, où j'espérais trouver quelque ami bienveillant et compatissant qui m'accueillerait et me réconforterait dans ma détresse.

Il faisait si sombre lorsque je montai dans la voiture qu'il me fut impossible de juger du nombre de mes compagnons de voyage. Ma seule certitude fut que ce nombre était grand. Sans me préoccuper toutefois aucunement de leur présence, je m'abandonnai à mes tristes pensées. Le silence régnait, qui n'était troublé par rien d'autre que les ronflements sonores et incessants d'un des membres de notre compagnie.

« Quel coquin fieffé, quel ignorant cet homme doit être ! pensai-je à part moi. Quelle totale absence de délicatesse raffinée pour ainsi blesser nos oreilles par un bruit aussi grossier ! Cet homme est à coup sûr capable des actions les plus noires. Aucun crime n'est trop odieux pour un personnage de cette sorte ! » Tel fut le raisonnement que je tins secrètement et qui rejoignait sans doute les réflexions de mes compagnons de voyage.

Finalement, le lever du jour me permit d'observer les traits du misérable dénué de principes qui m'avait aussi péniblement choquée. C'était Sir Edward, le père de mon mari défunt. À ses côtés était assise Augusta, et sur le même siège que le mien il y avait votre mère et Lady Dorothea. Imaginez ma surprise à me retrouver ainsi entourée de vieilles connaissances. Si grand que fût mon étonnement, il grandit encore lorsque, regardant par la vitre, je découvris l'époux de Philippa, avec Philippa elle-même auprès de lui, sur le siège du cocher, et quand un regard en arrière me fit apercevoir Philander et Gustavus dans la rotonde[40]. « Ciel ! m'écriai-je, est-il possible que soudain je sois ainsi parmi mes parents les plus proches et mes relations les plus intimes ? »

Ces paroles réveillèrent les autres voyageurs, et tous les regards se portèrent sur le bout du siège où je me tenais assise. « Ah ! ma chère Isabel, repris-je en passant par-dessus Lady Dorothea pour me jeter dans ses bras, recevez de nouveau sur votre sein l'infortunée Laura. Hélas ! lorsque nous nous séparâmes dans la vallée de l'Usk la dernière fois, j'étais tout au bonheur d'être unie au meilleur des Edward. J'avais un père, une mère, et n'avais jamais connu le malheur. Mais à présent que je suis privée de tous mes amis, vous seule exceptée…

— Comment ! interrompit Augusta, mon frère serait donc mort ? Je vous en prie, dites-nous ce qui lui est advenu. — Oui, nymphe insensible et glacée, lui repartis-je, ce malheureux amant, votre frère, n'est plus[41], et vous pouvez triompher à la pensée d'être dorénavant l'unique héritière de la fortune de Sir Edward. »

Je l'avais constamment méprisée du jour où j'avais surpris sa conversation avec mon cher époux. Pourtant, par civilité, je fis droit à sa requête pressante et à celle de son père, me conjurant de ne rien leur cacher de cette triste histoire. Ils en furent profondément affectés. Même la sécheresse de cœur de Sir Edward et l'insensibilité de sa fille cédèrent à l'émotion devant le récit pitoyable. À la demande de votre mère, je leur fis part de tous les autres malheurs qui m'avaient frappée depuis notre séparation : l'emprisonnement d'Augustus et l'absence d'Edward, notre arrivée en Écosse, notre rencontre inopinée avec notre grand-père et nos cousins, notre visite au château des Macdonald, le service peu commun que nous avions rendu à Janetta, l'ingratitude de son père, sa conduite inhumaine, ses soupçons étranges, le traitement barbare qu'il nous avait réservé en nous contraignant à quitter la maison, nos lamentations en perdant Edward et Augustus, enfin la triste mort de ma chère compagne.

Pitié et surprise se peignirent fortement sur les traits de votre mère d'un bout à l'autre de mon récit mais, je regrette d'avoir à vous le dire, à la honte éternelle de sa sensibilité l'étonnement l'emportait de beaucoup. Elle prétendit même, en dépit de l'innocence indubitable de ma conduite au milieu de tous mes malheurs et de toutes mes aventures, trouver à redire à mes actes dans plus d'une des situations où j'avais été placée. Comme de mon côté je savais pertinemment que je m'étais toujours comportée d'une façon qui faisait honneur à mes sentiments et à ma délicatesse, je n'accordai que peu d'attention à ses remarques et la requis de satisfaire ma curiosité en m'informant de la manière dont elle était venue jusque-là, au lieu d'attenter à ma réputation immaculée par des reproches injustifiables.

Aussitôt qu'elle eut satisfait à ma demande sur ce point et m'eut détaillé avec soin tout ce qui lui était arrivé depuis notre séparation[42] (si vous n'en connaissez pas déjà les particularités, votre mère vous les donnera), je me tournai vers Augusta pour obtenir les mêmes renseignements à son sujet, ainsi qu'à celui de Sir Edward et de Lady Dorothea.

Elle me dit qu'ayant beaucoup de goût pour les beautés de la nature, elle avait vu sa curiosité pour les scènes ravissantes qu'elle offrait dans cette partie du monde à ce point avivée par le *Voyage dans les Highlands* de Gilpin[43] qu'elle avait persuadé son père de visiter l'Écosse et Lady Dorothea de les accompagner. Ils étaient arrivés à Édimbourg quelques jours plus tôt et de là quotidiennement avaient fait des excursions dans la campagne environnante en empruntant la diligence où ils se trouvaient maintenant. C'était d'une de ces excursions qu'ils revenaient quand je les rencontrai.

Mes questions ensuite portèrent sur Philippa et son mari. J'appris que ce dernier, après avoir dilapidé toute la fortune de sa femme, avait recours pour subsister au talent dans lequel il avait toujours particulièrement brillé, à savoir la conduite des chevaux. Ayant vendu tout ce qui leur appartenait à l'exception de leur voiture, il avait converti celle-ci en diligence et, afin de s'éloigner de leurs anciennes relations, l'avait emmenée à Édimbourg d'où, tous les deux jours, il faisait le voyage de Stirling. Philippa, qui gardait son affection au mauvais sujet, l'avait suivi en Écosse et l'accompagnait le plus souvent dans ses petites excursions.

« C'est seulement pour garnir un peu leur bourse, poursuivit Augusta, que mon père, depuis notre arrivée dans la région, prend régulièrement leur voiture pour admirer les beautés du paysage. Il aurait certainement été beaucoup plus agréable pour nous de visiter les Highlands en chaise de poste que d'aller tous les deux jours d'Édimbourg à Stirling et de Stirling à Édimbourg dans une diligence inconfortable et pleine de monde. »

Je donnai mon entière approbation à son jugement en cette affaire et en mon for intérieur blâmai Sir Edward d'ainsi sacrifier le plaisir de sa fille aux intérêts d'une vieille femme ridicule dont l'extravagance en épousant quelqu'un d'aussi jeune méritait sa punition. Mais la conduite de Sir Edward en la circonstance s'accordait parfaitement avec l'ensemble du personnage. En effet, que pouvait-on attendre d'un homme qui ne possédait pas la moindre sensibilité, connaissait à peine le sens du mot *sympathie*, et allait jusqu'à ronfler ?

Adieu,

LAURA

LETTRE XV. LAURA (SUITE)

Lorsque nous arrivâmes dans la ville où nous devions prendre notre petit déjeuner, comme j'étais décidée à m'entretenir avec Philander et Gustavus, dans ce but, dès que je descendis de voiture j'allai à la rotonde et affectueusement m'enquis de leur santé en exprimant la crainte qu'ils ne fussent mal à l'aise dans cette partie de la diligence. D'abord ils semblèrent quelque peu troublés par mon apparition, redoutant sans doute de se voir demander des comptes pour l'argent que m'avait laissé notre grand-père et dont ils m'avaient injustement privée. Mais, s'apercevant que je ne disais mot de cette affaire, ils me prièrent de monter dans la rotonde afin que nous puissions y converser plus commodément. C'est ce que je fis et, tandis que les autres voyageurs se régalaient de thé vert et de pain grillé beurré[44], notre festin, plus raffiné et plus sentimental, fut celui d'une conversation à cœur ouvert. Je leur fis part de chacun des événements de ma vie et, à ma requête, ils me narrèrent tous les incidents de la leur.

« Comme vous le savez déjà, me dirent-ils, nous sommes les fils des deux plus jeunes filles que Lord St Clair eut de Laurina, une danseuse d'opéra italienne. Nos mères n'ont jamais pu établir avec certitude l'identité de nos pères, bien qu'on pense généralement que Philander soit l'enfant d'un certain Philip Jones, maçon de son état, et que je descende de Gregory Staves[45], corsetier d'Édimbourg. Pareille ignorance, toutefois, ne revêt que peu d'importance puisque, nos mères ne leur ayant jamais été mariées, cela n'entraîne aucune souillure pour notre sang, qui est celui sans tache d'une famille de la plus haute Antiquité.

« Bertha, la mère de Philander, et Agatha, la mienne, habitèrent toujours ensemble. Aucune des deux n'atteignit jamais à une grande richesse. Leurs fortunes additionnées se montaient à l'origine à neuf mille livres mais, comme elles n'avaient vécu que sur le capital, lorsque nous eûmes quinze ans, s'étaient réduites à neuf cents. Ces neuf cents livres se trouvaient constamment placées dans le tiroir d'une des tables du petit salon qui nous était commun, pour la commodité de les avoir à portée. Fut-ce dû à cette circonstance, qui les rendait faciles à prendre, ou à un désir d'indépendance, ou encore à un excès de sensibilité (notre fort depuis toujours) ? Je ne puis en décider aujourd'hui. Mais ce qui est sûr, c'est qu'au terme de notre quinzième année, nous fîmes main basse sur ces neuf cents livres et déguerpîmes.

« Nantis de notre butin, nous résolûmes d'en faire un emploi avisé et de ne pas le dépenser avec étourderie ou prodigalité. Dans ce but nous divisâmes la somme en neuf parts. La première fut consacrée aux victuailles, la deuxième aux vins, la troisième aux frais de maison, la quatrième aux voitures, la cinquième aux chevaux, la sixième aux domestiques, la septième aux amusements, la huitième aux habits et la neuvième aux boucles d'argent[46]. Ayant ainsi prévu notre dépense pour les deux mois à venir (car nous comptions faire durer les neuf cents livres tout ce temps-là), nous partîmes pour Londres sans plus tarder et eûmes la chance de tout dissiper en sept semaines et un jour, soit six jours plus tôt que nous ne l'avions projeté.

« Ainsi libérés du poids d'une aussi grosse somme, nous songeâmes à retourner auprès de nos mères mais, apprenant par hasard qu'elles étaient l'une et l'autre mortes de faim, nous abandonnâmes ce dessein et décidâmes de nous engager dans une troupe quelconque de comédiens ambulants, comme nous avions toujours eu des dispositions pour le théâtre. Nous offrîmes donc nos services à l'une d'elles, et l'on nous accepta. Notre troupe était à vrai dire plutôt restreinte, puisqu'elle ne comprenait que le directeur, son épouse et nous-mêmes. Cependant, il y avait ainsi moins de personnes à rétribuer. Le seul inconvénient était le petit nombre de pièces qu'il nous était possible de monter, en raison du manque d'acteurs pour en tenir les rôles. Nous ne nous arrêtâmes pas pourtant à de pareilles bagatelles.

« Un de nos spectacles qui suscita le plus d'admiration fut *Macbeth.* Nous y atteignîmes véritablement au sublime. Le directeur lui-même jouait Banquo, sa femme Lady Macbeth. Je faisais les trois sorcières, et Philander tout le reste. À dire vrai, cette tragédie ne fut pas seulement la meilleure que nous ayons donnée, mais aussi la seule. Après l'avoir interprétée dans toute l'Angleterre et tout le pays de Galles, nous arrivâmes en Écosse pour des représentations dans le reste de la Grande-Bretagne. Le hasard nous fit loger dans la ville même où vous vîntes et rencontrâtes votre grand-père. Nous étions dans la cour de l'auberge quand entra son carrosse. Voyant aux armoiries à qui il appartenait et sachant que Lord St Clair était notre aïeul, d'un commun accord nous tentâmes de lui soutirer quelque chose en lui découvrant notre lien de parenté. Vous savez quel fut notre succès. Une fois en possession des deux cents livres, nous quittâmes la ville sans attendre, laissant à notre directeur et à sa femme le soin de jouer *Macbeth* par leurs propres moyens, et prîmes la route de Stirling où nous dépensâmes notre petite fortune avec beaucoup d'éclat. À présent, nous retournons à Édimbourg dans l'espoir de réussir sur la scène d'un théâtre. Telle est, ma chère cousine, l'histoire de nos vies. »

Je remerciai l'aimable jeune homme de son intéressant récit et, après lui avoir exprimé mes souhaits de bonheur et de prospérité, laissai l'un et l'autre en leur humble séjour pour rejoindre mes amis, qui étaient impatients de me revoir.

Mes aventures maintenant touchent à leur fin, très chère Marianne, du moins pour ce qui concerne le présent.

Quand nous arrivâmes à Édimbourg, Sir Edward me dit qu'en tant que veuve de son fils, il me sollicitait d'accepter de sa part une rente de quatre cents livres par an. Je m'engageai obligeamment à le faire, mais ne pus m'empêcher d'observer que ce baronnet dénué de sympathie faisait cette proposition davantage à la veuve d'Edward qu'à la délicate et aimable Laura.

J'élus pour résidence un village au charme romantique dans les Highlands d'Écosse. J'y suis depuis lors constamment demeurée. Sans être dérangée par des visiteurs frivoles, j'y puis, dans une mélancolique solitude, me livrer à des lamentations ininterrompues sur la mort de mon père, celle de ma mère, celle de mon mari et de mon amie.

Depuis plusieurs années, Augusta a lié son sort à celui de Graham, de tous les hommes celui qui lui convenait le mieux. Elle fit sa connaissance pendant son séjour en Écosse.

Dans l'espoir d'un héritier à son titre et à ses terres, Sir Edward à la même époque épousa Lady Dorothea. Ses souhaits ont été exaucés.

Philander et Gustavus, après avoir accru leur réputation par leurs interprétations sur la scène des théâtres d'Édimbourg, changèrent pour Covent Garden, où ils continuent de jouer sous les noms d'emprunt de Lewis et de Quick[47].

Philippa depuis longtemps a payé le tribut de la nature. Son mari cependant conduit toujours la diligence qui va d'Édimbourg à Stirling.

Adieu, très chère Marianne,

LAURA

FIN

13 juin 1790

NOTES

1. *Comtesse de Feuillide* : Elizabeth Hancock, une cousine germaine de Jane Austen, épousa le comte de Feuillide en 1781 ; elle vécut en France après son mariage, mais revint souvent en Angleterre. Lorsque son mari fut guillotiné, en 1794, elle trouva refuge à Steventon. À l'époque où Jane écrivit *Amour et amitié*, son prestige auprès de ses jeunes cousines était des plus grands, non seulement en raison de sa connaissance de la cour de Louis XVI et de Marie-Antoinette, de son titre de comtesse, mais aussi de ses talents d'actrice dans les modestes représentations théâtrales qui furent données à Steventon par la famille Austen entre 1787 et 1790.

2. *Trompé en amitié et trahi en amour* : l'origine de la citation n'a pas été trouvée.

3. *L'un des endroits les plus romantiques* : au sens ancien du mot « romantique » ; se disait des paysages qui rappelaient à l'imagination les descriptions des poèmes et des romans. — *L'Usk* est un fleuve côtier gallois, qui se jette dans le canal de Bristol à Newport.

4. *Je surpassai bientôt mes maîtres* : Jane Austen exagère à partir des données de *Laura and Augustus*, roman anonyme de 1784 qui est, selon Marvin Mudrick, une des sources d'*Amour et amitié* (voir l'Avant-propos, p. 13). L'héroïne y est sommairement décrite comme italienne,

née en France, et instruite dans un couvent avec le concours des maîtres les plus renommés.

5. *Menuet de la cour* : en français dans le texte. Ce menuet fit fureur à la cour de Versailles aux XVIIe et XVIIIe siècles.

6. *Ayant soupé* : le souper était le dernier repas de la journée. Le dîner étant pris de plus en plus tard, le souper n'avait plus d'importance que chez les gens attachés à d'anciennes modes.

7. *Bath* était une ville d'eaux célèbre au XVIIIe siècle. Les méthodistes en dénonçaient l'iniquité, qui n'était cependant pas bien considérable. Le procédé rhétorique comique de la chute du sublime au ridicule (« luxe superflu [...] poisson malodorant ») ici employé était très en faveur à la même époque. — *Southampton* faisait un lieu de séjour beaucoup plus discret.

8. *Hélas !...* : il y a peut-être dans ce soupir une réaction plus sensible et plus sincère que partout ailleurs dans le même ouvrage, car Jane Austen vivait alors au fond d'une province où il ne se passait pas grand-chose.

9. Sandra Gilbert explique cette longue scène construite autour de coups frappés à la porte par le penchant des auteurs de romans sentimentaux à noter les incidents les plus triviaux (« Shut up in Prose : Gender and Genre in Austen's *Juvenilia* », *Jane Austen, Modern Critical Views,* éd. Harold Bloom, New York, Chelsea House Publishers, 1986).

10. *Le fils d'un baronnet anglais* : les baronnets étaient souvent fortunés, mais leur titre n'était qu'un titre de chevalerie, transmis héréditairement. C'étaient des roturiers, possédant souvent, au XVIIIe siècle, des biens à la campagne leur assurant de jolies rentes. Ils abondent dans les romans sentimentaux de l'époque. — *Une sœur d'une taille moyenne* : ce dernier détail, venant après l'évocation de la mère « morte depuis de nombreuses années », produit un effet de chute, d'autant plus que

l'héroïne romanesque était le plus souvent d'une taille légèrement supérieure à la moyenne.

11. *Une opposition aussi résolue à sa volonté* : l'indépendance d'esprit des jeunes gens constituait un souci répandu à cette époque difficile, où les idées de liberté venaient d'outre-Manche. Le roman sentimental se faisait l'écho de cette révolte contre l'autorité parentale.

12. Le *Bedfordshire* est un comté au nord de Londres ; le *Middlesex*, celui où est située la capitale. La *Galles du Sud* se trouve à l'ouest de la Grande-Bretagne.

13. Le coup de foudre possédait un prestige qui se reconnaît à travers la déclaration de Collins à Elizabeth Bennet dans *Orgueil et préjugés* : « Aussitôt entré dans cette maison, ou presque, je vous choisis pour être la compagne de ma vie » (I, XIX).

14. *Philippa* : les prénoms d'*Amour et amitié* sortent souvent de l'ordinaire et témoignent de la préciosité du goût des auteurs de romans sentimentaux.

15. Ces mots, « sensibilité émouvante » (« *interesting sensibility* »), « aimable sympathie » (« *amiable simpathy [sic]* »), font partie du vocabulaire commun de l'engouement pour la sensibilité.

16. *Ne me confia aucune de ses secrètes pensés* : l'époque était favorable aux manières ouvertes et franches. L'héroïne des romans sentimentaux bannissait toute réserve.

17. *Nous tombâmes en pâmoison sur un sofa* : souvenir de *The Critic, or a Tragedy Rehearsed* (III, I), la pièce de Sheridan (1779). La jeune Jane Austen ne se croit pas tenue de limiter sa parodie à un genre littéraire particulier.

18. *Holborn* était un quartier bourgeois, peu fréquenté par les gens à la mode.

19. *Newgate* : prison bien connue de Londres. Les conditions de détention n'y étaient pas des meilleures.

20. *Mariage de votre mère [...] lointaine région de l'Irlande* : l'épouseur irlandais peu fortuné est une figure banale de la littérature anglaise du XVIIIe siècle.

21. *Faire en poste le reste du voyage* : autrement dit, changer de chevaux aux relais de poste, ce qui était le moyen le plus rapide de voyager.

22. *Couronne* : signe de noblesse.

23. *Une sympathie instinctive* : la « sympathie des âmes » était l'un des ressorts du roman sentimental.

24. Toute la scène paraît inspirée par les derniers chapitres de l'*Evelina, or the History of a Young Lady's Entrance into the World,* de Fanny Burney (1778).

25. *Je n'hésitai pas à voir en lui un ami...* : les premières impressions étaient déterminantes dans le roman sentimental.

26. *Ne lui avait pas arraché le moindre soupir* : dans *Laura and Augustus* (voir la note 4), on est au bord des larmes sitôt qu'il est question d'amours contrariées.

27. *Il n'avait pas d'âme* : le mot « âme » faisait partie du jargon du sentiment. — *Les Souffrances du jeune Werther* : paru en 1774 en Allemagne, le roman de Goethe fut traduit en anglais en 1779, et avait aussitôt connu un succès de scandale, en partie à cause de son apologie supposée du suicide.

28. Référence est faite, bien sûr, aux situations romanesques ordinaires, sans lesquelles le texte perd toute signification.

29. Le village de *Gretna Green* était situé tout près de la frontière séparant l'Angleterre de l'Écosse. On pouvait s'y marier sans autorisation parentale et sur simple déclaration d'intention devant témoins. Les romanciers anglais y avaient naturellement souvent recours pour les besoins d'un mariage rapide.

30. Deux exemples de chute de l'« élévation de sentiments » au ridicule, procédé comique cher aux auteurs de parodie. Ici, c'est la faiblesse involontaire du style dont on se moque. Les *routes à péage,* relativement récentes dans leur développement, amélioraient sensiblement le

confort et la durée des voyages. Mais elles étaient coûteuses et de ce fait largement impopulaires.

31. *Zéphyr venu de l'est* : le zéphyr est un vent d'ouest. Jane Austen ne l'ignorait pas, sinon elle n'aurait rien précisé. On peut penser qu'elle a voulu se moquer des erreurs commises par certains romanciers trahis par leur manque de connaissances.

32. Le *phaéton* était une voiture à quatre roues, tirée par un seul cheval, réputée rapide et dangereuse dans sa version pour hommes.

33. Le *cardinal Wolsey* (1473-1530) dirigea la politique anglaise sous Henry VIII, qu'il appuya notamment lors de son divorce d'avec Catherine d'Aragon.

34. *Il s'agissait de nos deux époux* : parmi les invraisemblances reprochées communément au roman se situait en bonne place le concours de circonstances.

35. *Succombai à la folie* : les crises de folie d'*Amour et amitié* sont sans doute un souvenir de la lecture de *The Critic* (voir la note 17), où l'on se moque des procédés de la tragédie. Mais, dans *Laura and Augustus* (voir les notes 4 et 26), l'héroïne succombe aussi à la démence.

36. L'héroïne romanesque avait souvent *dix-sept ans*, âge auquel elle faisait son entrée dans le monde.

37. *La rosée de la nuit* : la peur de l'humidité du soir se retrouve dans *Le Cœur et la Raison*, sans qu'il soit question de raillerie ; Marianne Dashwood en est d'ailleurs victime (voir III, VI).

38. Les longs discours à l'instant de la mort ont toujours amusé Jane Austen par leur invraisemblance.

39. *Tombeau où elle descendait prématurément* : l'auteur accumule les situations conventionnelles du roman sentimental et les expressions convenues de son jargon dans un désordre incohérent.

40. La *rotonde* (« *the basket* ») était une caisse située à l'arrière de la diligence.

41. *Oui, nymphe insensible et glacée*... : cette rhétorique

est un souvenir du roman pastoral, et plus généralement des bergeries qui avaient conservé des lecteurs.

42. *M'eut détaillé avec soin tout ce qui lui était arrivé* : les romanciers avaient souvent recours à ce genre de récit, fait complaisamment, avec un luxe de détails et une précision invraisemblables.

43. L'admiration de Jane Austen pour les voyages de William Gilpin en quête de beauté pittoresque atteignait sans doute alors à son sommet. Le récit concernant les Highlands (*Observations Relative Chiefly to Picturesque Beauty, Made in 1776 on Several Parts of Great-Britain*) fut publié en 1789, et son effet est encore très présent à l'esprit de la jeune romancière. Cette admiration se tempérera par la suite.

44. *Se régalaient de thé vert et de pain grillé beurré* : le thé vert est cueilli jeune et séché sans qu'il ait fermenté. Le petit déjeuner décrit ici était celui dont on se contentait ordinairement dans les auberges. Il était évidemment bien maigre en comparaison du repas substantiel pris le plus souvent chez soi.

45. *Gregory Staves* : le mot « *staves* » désigne les douves d'un tonneau.

46. Les *boucles d'argent* permettaient d'attacher la culotte de cheval à hauteur des genoux. La mode vint de France à la fin du XVIIIe siècle et ne concernait que les petits-maîtres.

47. *Covent Garden* : l'un des principaux théâtres de Londres. — William *Lewis* et John *Quick* étaient des acteurs connus.

COLLECTION FOLIO 2 €

Dernières parutions

5128. Grégoire Polet	*Petit éloge de la gourmandise*
5129. Paul Verlaine	*L'Obsesseur* précédé d'*Histoires comme ça*
5163. Ryûnosuke Akutagawa	*La vie d'un idiot* précédé d'*Engrenage*
5164. Anonyme	*Saga d'Eiríkr le Rouge* suivi de *Saga des Groenlandais*
5165. Antoine Bello	*Go Ganymède!*
5166. Adelbert von Chamisso	*L'étrange histoire de Peter Schlemihl*
5167. Collectif	*L'art du baiser. Les plus beaux baisers de la littérature*
5168. Guy Goffette	*Les derniers planteurs de fumée*
5169. H. P. Lovecraft	*L'horreur de Dunwich*
5170. Léon Tolstoï	*Le Diable*
5184. Alexandre Dumas	*La main droite du sire de Giac* et autres nouvelles
5185. Edith Wharton	*Le miroir* suivi de *Miss Mary Pask*
5231. Théophile Gautier	*La cafetière* et autres contes fantastiques
5232. Claire Messud	*Les Chasseurs*
5233. Dave Eggers	*Du haut de la montagne, une longue descente*
5234. Gustave Flaubert	*Un parfum à sentir ou Les Baladins* suivi de *Passion et vertu*
5235. Carlos Fuentes	*En bonne compagnie* suivi de *La chatte de ma mère*
5236. Ernest Hemingway	*Une drôle de traversée*
5237. Alona Kimhi	*Journal de Berlin*
5239. Kenzaburô Ôé	*Seventeen*
5240. P. G. Wodehouse	*Une partie mixte à trois* et autres nouvelles du green
5290. Jean-Jacques Bernard	*Petit éloge du cinéma d'aujourd'hui*
5291. Jean-Michel Delacomptée	*Petit éloge des amoureux du silence*

5292. Mathieu Terence — *Petit éloge de la joie*
5293. Vincent Wackenheim — *Petit éloge de la première fois*
5295. Collectif — *Ne nous fâchons pas ! ou l'art de se disputer au théâtre*
5296. Robin Robertson — *Fiasco ! Des écrivains en scène*
5297. Miguel de Unamuno — *Des yeux pour voir* et autres contes
5298. Jules Verne — *Une fantaisie du Docteur Ox*
5299. Robert Charles Wilson — *YFL-500* suivi du *Mariage de la dryade*
5347. Honoré de Balzac — *Philosophie de la vie conjugale*
5348. Thomas De Quincey — *Le bras de la vengeance*
5349. Charles Dickens — *L'Embranchement de Mugby*
5351. Marcus Malte — *Mon frère est parti ce matin...*
5352. Vladimir Nabokov — *Natacha* et autres nouvelles
5353. Arthur Conan Doyle — *Un scandale en Bohême* suivi d'*Étoile d'argent. Deux aventures de Sherlock Holmes*
5354. Jean Rouaud — *Préhistoires*
5355. Mario Soldati — *Le père des orphelins*
5356. Oscar Wilde — *Maximes* et autres textes
5415. Franz Bartelt — *Une sainte fille* et autres nouvelles
5416. Mikhaïl Boulgakov — *Morphine*
5417. Guillermo Cabrera Infante — *Coupable d'avoir dansé le cha-cha-cha*
5418. Collectif — *Jouons avec les mots. Jeux littéraires*
5419. Guy de Maupassant — *Contes au fil de l'eau*
5420. Thomas Hardy — *Les intrus de la Maison Haute* précédé d'un autre conte du Wessex
5421. Mohamed Kacimi — *La confession d'Abraham*
5422. Orhan Pamuk — *Mon père* et autres textes
5423. Jonathan Swift — *Modeste proposition* et autres textes
5424. Sylvain Tesson — *L'éternel retour*
5462. Lewis Carroll — *Misch-masch* et autres textes de jeunesse
5463. Collectif — *Un voyage érotique. Invitations à l'amour dans la littérature du monde entier*
5465. William Faulkner — *Coucher de soleil* et autres Croquis de La Nouvelle-Orléans

5466. Jack Kerouac — *Sur les origines d'une génération* suivi de *Le dernier mot*
5467. Liu Xinwu — *La Cendrillon du canal* suivi de *Poisson à face humaine*
5468. Patrick Pécherot — *Petit éloge des coins de rue*
5469. George Sand — *Le château de Pictordu*
5471. Martin Winckler — *Petit éloge des séries télé*
5526. Jacques Ellul — « *Je suis sincère avec moi-même* » et autres lieux communs
5527. Liu An — *Du monde des hommes. De l'art de vivre parmi ses semblables*
5531. Jacques de Voragine — *La Légende dorée. Vie et mort de saintes illustres*
5532. Grimm — *Hänsel et Gretel* et autres contes
5590. Anonyme — *Le brahmane et le pot de farine. Contes édifiants du* Pañcatantra
5592. Xun zi — *Traité sur le Ciel* et autres textes
5606. Collectif — *Un oui pour la vie ? Le mariage en littérature*
5607. Éric Fottorino — *Petit éloge du Tour de France*
5608. E. T. A. Hoffmann — *Ignace Denner*
5609. Frédéric Martinez — *Petit éloge des vacances*
5610. Sylvia Plath — *Dimanche chez les Minton* et autres nouvelles
5611. Lucien — *« Sur des aventures que je n'ai pas eues ». Histoire véritable*
5631. Boccace — *Le Décaméron. Première journée*
5632. Isaac Babel — *Une soirée chez l'impératrice* et autres récits
5633. Saul Bellow — *Un futur père* et autres nouvelles
5634. Belinda Cannone — *Petit éloge du désir*
5635. Collectif — *Faites vos jeux ! Les jeux en littérature*
5636. Collectif — *Jouons encore avec les mots. Nouveaux jeux littéraires*
5637. Denis Diderot — *Sur les femmes* et autres textes
5638. Elsa Marpeau — *Petit éloge des brunes*
5639. Edgar Allan Poe — *Le sphinx* et autres contes
5640. Virginia Woolf — *Le quatuor à cordes* et autres nouvelles

5714. Guillaume Apollinaire — *« Mon cher petit Lou ». Lettres à Lou*
5715. Jorge Luis Borges — *Le Sud* et autres fictions
5717. Chamfort — *Maximes* suivi de *Pensées morales*
5718. Ariane Charton — *Petit éloge de l'héroïsme*
5719. Collectif — *Le goût du zen. Recueil de propos et d'anecdotes*
5720. Collectif — *À vos marques ! Nouvelles sportives*
5721. Olympe de Gouges — *Déclaration des droits de la femme et de la citoyenne* et autres écrits *« Femme, réveille-toi ! »*
5722. Tristan Garcia — *Le saut de Malmö* et autres nouvelles
5723. Silvina Ocampo — *La musique de la pluie* et autres nouvelles
5760. Leonardo Sciascia — *La tante d'Amérique*
5761. Prosper Mérimée — *La perle de Tolède* et autres nouvelles
5762. Amos Oz — *Chanter* et autres nouvelles
5794. James Joyce — *Un petit nuage* et autres nouvelles
5795. Blaise Cendrars — *L'Amiral*
5797. Ueda Akinari — *La maison dans les roseaux* et autres contes
5798. Alexandre Pouchkine — *Le coup de pistolet* et autres récits de feu Ivan Pétrovitch Bielkine
5818. Mohammed Aïssaoui — *Petit éloge des souvenirs*
5819. Ingrid Astier — *Petit éloge de la nuit*
5820. Denis Grozdanovitch — *Petit éloge du temps comme il va*
5821. Akira Mizubayashi — *Petit éloge de l'errance*
5835. Francis Scott Fitzgerald — *Bernice se coiffe à la garçonne* précédé du *Pirate de la côte*
5837. Montesquieu — *Plaisirs et bonheur* et autres *Pensées*
5838. Ihara Saikaku — *Histoire du tonnelier tombé amoureux* suivi d'*Histoire de Gengobei*
5839. Tang Zhen — *Des moyens de la sagesse* et autres textes
5856. Collectif — *C'est la fête ! La littérature en fêtes*
5896. Collectif — *Transports amoureux. Nouvelles ferroviaires*
5897. Alain Damasio — *So phare away* et autres nouvelles
5898. Marc Dugain — *Les vitamines du soleil*
5899. Louis Charles Fougeret de Monbron — *Margot la ravaudeuse*

5900. Henry James — *Le fantôme locataire* précédé d'*Histoire singulière de quelques vieux habits*

5901. François Poullain de La Barre — *De l'égalité des deux sexes*

5902. Junichirô Tanizaki — *Le pied de Fumiko* précédé de *La complainte de la sirène*

5903. Ferdinand von Schirach — *Le hérisson* et autres nouvelles

5904. Oscar Wilde — *Le millionnaire modèle* et autres contes

5905. Stefan Zweig — *Découverte inopinée d'un vrai métier* suivi de *La vieille dette*

5973. Collectif — *Pourquoi l'eau de mer est salée* et autres contes de Corée

5974. Honoré de Balzac — *Voyage de Paris à Java* suivi d'*Un drame au bord de la mer*

5975. Collectif — *Des mots et des lettres. Énigmes et jeux littéraires*

5976. Joseph Kessel — *Le paradis du Kilimandjaro* et autres reportages

5977. Jack London — *Une odyssée du Grand Nord* précédé du *Silence blanc*

5992. Pef — *Petit éloge de la lecture*

5994. Thierry Bourcy — *Petit éloge du petit déjeuner*

5995. Italo Calvino — *L'oncle aquatique* et autres récits cosmicomics

5996. Gérard de Nerval — *Le harem* suivi d'*Histoire du calife Hakem*

5997. Georges Simenon — *L'Étoile du Nord* et autres enquêtes de Maigret

5998. William Styron — *Marriott le marine*

5999. Anton Tchékhov — *Les groseilliers* et autres nouvelles

6001. P'ou Song-ling — *La femme à la veste verte. Contes extraordinaires du Pavillon du Loisir*

6002. H. G. Wells — *Le cambriolage d'Hammerpond Park* et autres nouvelles extravagantes

6042. Collectif — *Joyeux Noël ! Histoires à lire au pied du sapin*

6083. Anonyme — *Saga de Hávardr de l'Ísafjördr. Saga islandaise*

6084. René Barjavel	*Les enfants de l'ombre* et autres nouvelles
6085. Tonino Benacquista	*L'aboyeur* précédé de *L'origine des fonds*
6086. Karen Blixen	*Histoire du petit mousse* et autres contes d'hiver
6087. Truman Capote	*La guitare de diamants* et autres nouvelles
6088. Collectif	*L'art d'aimer. Les plus belles nuits d'amour de la littérature*
6089. Jean-Philippe Jaworski	*Comment Blandin fut perdu* précédé de *Montefellóne. Deux récits du Vieux Royaume*
6090. D.A.F. de Sade	*L'Heureuse Feinte* et autres contes étranges
6091. Voltaire	*Le taureau blanc* et autres contes
6111. Mary Wollstonecraft	*Défense des droits des femmes* (extraits)
6159. Collectif	*Les mots pour le lire. Jeux littéraires*
6160. Théophile Gautier	*La Mille et Deuxième Nuit* et autres contes
6161. Roald Dahl	*À moi la vengeance S.A.R.L.* suivi de *Madame Bixby et le manteau du Colonel*
6162. Scholastique Mukasonga	*La vache du roi Musinga* et autres nouvelles rwandaises
6163. Mark Twain	*À quoi rêvent les garçons. Un apprenti pilote sur le Mississippi*
6178. Oscar Wilde	*Le Pêcheur et son Âme* et autres contes
6179. Nathacha Appanah	*Petit éloge des fantômes*
6180. Arthur Conan Doyle	*La maison vide* précédé du *Dernier problème. Deux aventures de Sherlock Holmes*
6181. Sylvain Tesson	*Le téléphérique* et autres nouvelles
6182. Léon Tolstoï	*Le cheval* suivi d'*Albert*
6183. Voisenon	*Le sultan Misapouf et la princesse Grisemine*
6184. Stefan Zweig	*Était-ce lui ?* précédé d'*Un homme qu'on n'oublie pas*
6210. Collectif	*Paris sera toujours une fête. Les plus grands auteurs célèbrent notre capitale*

6211. André Malraux — *Malraux face aux jeunes. Mai 68, avant, après. Entretiens inédits*

6241. Anton Tchékhov — *Les méfaits du tabac* et autres pièces en un acte

6242. Marcel Proust — *Journées de lecture*

6243. Franz Kafka — *Le Verdict – À la colonie pénitentiaire*

6245. Joseph Conrad — *L'associé*

6246. Jules Barbey d'Aurevilly — *La Vengeance d'une femme* précédé du *Dessous de cartes d'une partie de whist*

6285. Jules Michelet — *Jeanne d'Arc*

6286. Collectif — *Les écrivains engagent le débat. De Mirabeau à Malraux, 12 discours d'hommes de lettres à l'Assemblée nationale*

6319. Emmanuel Bove — *Bécon-les-Bruyères* suivi du *Retour de l'enfant*

6320. Dashiell Hammett — *Tulip*

6321. Stendhal — *L'abbesse de Castro*

6322. Marie-Catherine Hecquet — *Histoire d'une jeune fille sauvage trouvée dans les bois à l'âge de dix ans*

6323. Gustave Flaubert — *Le Dictionnaire des idées reçues*

6324. F. Scott Fitzgerald — *Le réconciliateur* suivi de *Gretchen au bois dormant*

6358. Sébastien Raizer — *Petit éloge du zen*

6359. Pef — *Petit éloge de lecteurs*

6360. Marcel Aymé — *Traversée de Paris*

6361. Virginia Woolf — *En compagnie de Mrs Dalloway*

6362. Fédor Dostoïevski — *Un petit héros*

6395. Truman Capote — *New York, Haïti, Tanger* et autres lieux

6396. Jim Harrison — *La fille du fermier*

6412. Léon-Paul Fargue — *Mon quartier* et autres lieux parisiens

6413. Washington Irving — *La Légende de Sleepy Hollow*

6414. Henry James — *Le Motif dans le tapis*

6415. Marivaux — *Arlequin poli par l'amour* et autres pièces en un acte

6417. Vivant Denon — *Point de lendemain*

6418. Stefan Zweig — *Brûlant secret*

6459. Simone de Beauvoir	*L'âge de discrétion*
6460. Charles Dickens	*À lire au crépuscule* et autres histoires de fantômes
6493. Jean-Jacques Rousseau	*Lettres sur la botanique*
6494. Giovanni Verga	*La Louve* et autres récits de Sicile
6495. Raymond Chandler	*Déniche la fille*
6496. Jack London	*Une femme de cran* et autres nouvelles
6528. Michel Déon	*Un citron de Limone* suivi d'*Oublie...*
6530. François Garde	*Petit éloge de l'outre-mer*
6531. Didier Pourquery	*Petit éloge du jazz*
6532. Patti Smith	*« Rien que des gamins »*
6546. Barack Obama	*Discours choisis*
6563. Jean Giono	*Refus d'obéissance*
6564. Ivan Tourguéniev	*Les Eaux tranquilles*
6566. Collectif	*Déclaration universelle des droits de l'homme*
6567. Collectif	*Bonne année ! 10 réveillons littéraires*
6579. Honoré de Balzac	*La Vendetta*
6580. Antoine Bello	*Manikin 100*
6581. Ian McEwan	*Mon roman pourpre aux pages parfumées* et autres nouvelles
6582. Irène Némirovsky	*Film parlé*
6618. Chimamanda Ngozi Adichie	*Le tremblement* précédé de *Lundi de la semaine dernière*
6619. Elsa Triolet	*Le destin personnel* suivi de *La belle épicière*
6650. Collectif	*Tous végétariens ! D'Ovide à Ginsberg, petit précis de littérature végétarienne*
6651. Hans Fallada	*Voyous, truands et autres voleurs*
6652. Marina Tsvétaïéva	*La tempête de neige – Une aventure. 2 pièces romantiques*
6653. Émile Zola	*Le Paradis des chats* et autres textes
6693. Corinne Atlan	*Petit éloge des brumes*
6694. Ludmila Oulitskaïa	*La soupe d'orge perlé* et autres nouvelles
6695. Stefan Zweig	*Les Deux Sœurs* précédé d'*Une histoire au crépuscule*
6727. Marcel Proust	*Vacances de Pâques* et autres chroniques

6728. Jane Austen	*Amour et amitié*
6742. Marguerite Yourcenar	*Les Songes et les Sorts*
6743. Les sœurs Brontë	*Autolouange* et autres poèmes
6744. F. Scott Fitzgerald	*Le diamant gros comme le Ritz*
6745. Nicolas Gogol	*2 nouvelles de Pétersbourg*
6746. Eugène Dabit	*Fauteuils réservés* et autres contes
6778. Annie Ernaux	*Hôtel Casanova* et autres textes brefs
6779. Victor Hugo	*Les Fleurs*
6798. Chimamanda Ngozi Adichie	*Nous sommes tous des féministes* suivi du *Danger de l'histoire unique*
6812. Ray Bradbury	*La fusée* et autres nouvelles
6813. Albert Cossery	*Les affamés ne rêvent que de pain* précédé de *Danger de la fantaisie*
6814. Georges Rodenbach	*Bruges-la-Morte*
6863. Zéno Bianu	*Petit éloge du bleu*
6876. Kazuo Ishiguro	*2 nouvelles musicales*
6888. Ovide	*Pénélope à Ulysse* et autres lettres d'amour de grandes héroïnes antiques
6889. Louis Pergaud	*La tragique aventure de Goupil* et autres contes animaliers
6890. Rainer Maria Rilke	*Notes sur la mélodie des choses* et autres textes
6917. Charles Baudelaire	*De l'essence du rire* et autres textes
6918. Marguerite Duras	*Madame Dodin*
6919. Madame de Genlis	*Mademoiselle de Clermont*
6945. Cesare Pavese	*La plage*
6946. Rabindranath Tagore	*À quatre voix*
6983. Jean-Pierre Siméon	*Petit éloge de la poésie*
6985. Belinda Cannone	*Petit éloge de l'embrassement*
7011. Collectif	*Écrire Marseille. 15 grands auteurs célèbrent la cité phocéenne*
7012. Fédor Dostoïevski	*Les Nuits blanches*
7026. George Orwell	*Pourquoi j'écris* et autres textes politiques
7027. Ivan Tourguéniev	*Le Journal d'un homme de trop*

Tous les papiers utilisés pour les ouvrages
des collections Folio sont certifiés
et proviennent de forêts gérées durablement.

Composition Nord Compo
Impression Novoprint
à Barcelone, le 8 mars 2022
Dépôt légal : mars 2022
1er dépôt légal dans la collection : octobre 2019

ISBN 978-2-07-286537-4 / Imprimé en Espagne

447043